PENSÉES INÉDITES.

PENSÉES INÉDITES

DE RIVAROL,

SUIVIES

DE DEUX DISCOURS

SUR LA PHILOSOPHIE MODERNE,

ET

SUR LA SOUVERAINETÉ DU PEUPLE.

... Miscuit utile dulci,
Lectorem delectando, pariterque monendo
HORACE.

PARIS.

IMPRIMERIE DE J.-A. BOUDON,
131, RUE MONTMARTRE.

1836.

NOTICE.

Toujours excité par son imagination et par sa raison, il échappait à Rivarol de ces éclairs d'esprit, de ces idées vives et justes, qu'on admirait dans sa conversation, et qu'on trouve dans ses écrits ; il les traçait à la plume et au crayon, et les déposait dans des sacs qu'il appelait *son trésor*. On a copié toutes ces pensées éparses qui, nous n'en doutons pas, charmeront et instruiront le lecteur.

L'abbé de Pradt, qui lorsqu'il était émigré et royaliste, avait beaucoup connu Rivarol, et à qui celui-ci reconnaissait des lumières et de l'esprit, quoiqu'il fût très sobre de louanges, a écrit que Rivarol *dépensait souvent son esprit en petite monnaie, mais qu'elle sortait d'un lingot pur*, et cela était vrai. Le comte de Lauraguais, depuis duc de Brancas, qui fut son ami, disait, *plus on a de l'esprit plus on lui en trouve*, et ce mot est piquant et juste.

Rivarol fut le premier de tous les Français qui écrivit contre la révolution. Les premiers numéros de son journal politique national parurent avant la prise de la Bastille, et Burke le reconnut lui-même dans son excellente lettre sur les affaires de France et des Pays-Bas, traduite et publiée à Paris, en 1791. On verra dans le recueil que nous publions ce que Rivarol dit lui-même à cet égard, page 75.

Rivarol avait épousé une Anglaise d'origine, mademoiselle Mather-Flint dont les ayeux avaient suivi le roi Jacques; elle était plus âgée que lui et d'une jalousie excessive; aussi ne le rendit-elle pas heureux, ce qui lui fit dire *qu'ayant un jour médit de l'amour, il lui avait envoyé l'hymen pour se venger.*

Le beau-père de Rivarol est auteur d'une grammaire anglaise très estimée; et il n'était point professeur de langue anglaise comme on l'a dit. La famille Mather-Flint est très ancienne et très connue dans le pays de Galles, et il y a eu un diplomate de ce nom, cousin de madame de Rivarol, connu dans toutes les cours de l'Europe dans le dernier siècle. Nous avons d'elle des traductions de quelques ouvrages anglais, qui ont été publiées; elle mourut au commencement de la restauration, n'ayant obtenu avec le nom qu'elle portait, qu'une très médiocre pension de la liste civile! Son fils jeune, beau et spirituel, officier de dragons au service de Danemarck, mourut en Russie, où il avait été appelé par la princesse D., amie de son père.

L'Almanach des grands hommes fit beaucoup d'ennemis à Rivarol. Les ironies si plaisantes et si spirituelles dont ce petit ouvrage est rempli irritèrent au plus haut degré l'amour-propre de ceux qui y étaient signalés, et de là les sottes méchancetés qui furent lancées contre lui : mais on n'attaqua point ses mœurs : à cet égard la calomnie se tut, et ne joua pas son rôle ordinaire. Dans cet Almanach, il n'y a aucune personnalité, mais le ridicule y est versé à pleines mains, et chaque auteur est forcé d'y rougir de son voisin : il n'y a rien de mieux à dire.

Sa naissance a été bêtement attaquée, quoiqu'on sût très bien que son frère, aujourd'hui officier-général, était capitaine dans l'ancien régime, à l'âge de vingt-cinq ans, et que les plus grands seigneurs à cet âge n'avaient pas d'autre grade. Son grand-père était Italien, et après avoir servi longtemps en Espagne et fait la guerre de la succession dans des grades supérieurs, il se maria en Languedoc avec une cousine-germaine de M. de Parcieux de l'académie des sciences. Il y a encore plusieurs branches de la famille Rivarol en Italie, et une en Corse. Voyez les historiens génois, *Ganduccio* et *Casoni* au sujet de son illustration et de son ancienneté. Mais laissons toutes ces sottises que des hommes sans naissance ont mises en avant. Nous sommes dans un temps où les plus hautes dignités sont conférées à des personnes qu'on n'aurait pas connues autrefois, et nous sommes toujours étonnés que des gens qui ont un nom historique, aient pu rester les associés de tous ces hommes que nos révolutions ont fait ainsi parvenir.

Ce qui afflige le plus dans les révolutions, c'est ce manque de respect pour la vieillesse, pour l'enfance, pour l'exil et pour le malheur : on gémit d'appartenir à une telle espèce, honte de l'humanité, qui viole ses sermens, qui foule aux pieds toute vertu, et dont l'esprit satanique se repaît éternellement d'erreurs et d'horreurs.

Qu'on lise attentivement le journal politique de

Rivarol, et l'on verra que ses prévisions s'étendent jusqu'à nos jours, et doivent frapper d'étonnement une postérité plus éclairée. Ses principes immuables font honneur à sa raison et à son caractère, et son dévouement à ses rois fait l'éloge de son cœur. Le général son frère a toujours eu la même fixité, et dit aujourd'hui qu'il faut être royaliste pour soi et mourir comme on a vécu.

Le grand Frédéric écrivit à Rivarol au sujet de son discours sur l'universalité de la langue française, et d'une épître qu'il lui avait adressée, « depuis les bons ouvrages de Voltaire, je n'ai rien lu de meilleur en littérature que votre discours, et j'ai trouvé vos vers aussi spirituels qu'élégans. » Il fut nommé à cette époque membre de l'académie de Berlin; et mourut dans cette ville à l'âge de quarante-sept ans; c'est mourir trop jeune. Il préparait un grand ouvrage intitulé : *Théorie du corps politique*, dont il n'est resté que le plan et quelques pensées disséminées dans ce volume.

Voici une anecdote dont nous pouvons garantir l'authenticité. Quand le discours sur l'universalité de la langue française parut, le bon Louis XVI en fut émerveillé, et disait tout haut, ainsi que Monsieur, depuis Louis XVIII, ah! comme cet auteur fait bien valoir la langue et la nation. Le roi ordonna à M. le baron de Breteuil, de prendre des renseignemens sur l'existence de l'auteur de ce discours : ce ministre sut bientôt que Rivarol n'était pas riche, et qu'il était issu d'une très ancienne famille d'Italie. Le roi dit alors à M. de Breteuil de faire remettre secrètement à Rivarol, 1000 fr. tous les trois mois. Rivarol crut pendant longtemps que c'était MONSIEUR qui lui faisait cette pension secrète, et ce n'est que dans l'émigration qu'il apprit que c'était le roi. Sur ces 4000 fr. Rivarol en donnait 1000 tous les ans à son frère pour augmenter ses appointemens et pour qu'il s'entretînt plus convenablement au service. Nous tenons cette anecdote de M. de Breteuil qui nous la raconta dans l'émigration.

Rivarol quitta Hambourg, où il travaillait à son dictionnaire de la langue, pour se rendre à Berlin en 1800, à la sollicitation d'une princesse russe qui l'honorait de son amitié. Il fut parfaitement accueilli par la cour de Prusse, et surtout par cette charmante reine, que Bonaparte traita dans la suite d'une manière si dure et si peu française. Le premier consul fit offrir à Rivarol sa radiation, de la faveur et de la fortune ; mais il fut inflexible ; et il disait de ces mots piquans sur Bonaparte qui faisaient rire et la cour et la ville, et dont peut-être il fut la victime.

Il se lia à Berlin avec le comte Gualtieri, colonel au service de Prusse, qui a écrit de lui, « prodigue de son esprit, il le répandait à pleines mains. Tout le monde pouvait en prendre sa part ; et si quelquefois il le revendiquait, c'était moins par avarice que par esprit de justice ».

Dans un recueil intitulé : *l'Esprit de Rivarol*, il y a beaucoup de choses fausses et controuvées, et l'on y a mis un assez grand nombre de pensées sur *le sentiment, le temps, la puissance, le langage, la politique, etc.*, qui se trouvent dans la collection de ses œuvres, auxquelles nous renvoyons le lecteur : mais nous ajouterons au volume que nous publions le morceau sur la philosophie moderne, qui est *la plus terrible philippique qu'on ait jamais faite contre la philosophie* (1), et son discours sur *la*

---

(1) Mot de l'abbé de Pradt.

souveraineté du peuple qui est resté sans réplique. Ces deux morceaux conviennent parfaitement à notre entreprise : notre intention spéciale étant d'y combattre sans relâche, les faux et détestables principes qui n'ont que trop perverti l'espèce humaine, qu'on devrait plutôt, d'après ces principes, appeler l'espèce inhumaine.

Rivarol emporta avec lui quand il émigra une assez forte somme. Il avait un grand nombre d'abonnés pour son journal politique, et quand son frère le vit à Hambourg quelques années après, il lui demanda ce qu'il avait fait de cet argent; Rivarol lui répondit : Est-ce qu'il n'a pas fallu secourir les émigrés? En effet, Rivarol était très généreux; mais de toutes les personnes qu'il avait obligées, une seule rendit à son frère ce qui lui avait été prêté. Il faut donc regarder le reste, comme donné, puisqu'il n'a pas été rendu,

Quand le vertueux Louis XVI fut appelé à la barre de la Convention, il fut interpellé par Barrère sur ses liaisons avec Rivarol, ce grand ennemi de la révolution. Voyez le *Moniteur*. Le roi ne répondit rien. Voilà donc le nom de Rivarol lié à jamais à ce déplorable et épouvantable événement qui sera la honte éternelle de la nation française, comme celle de Charles premier pour la nation anglaise. Les deux rois les plus vertueux de l'histoire sont morts sur l'échafaud, et d'odieux tyrans sont morts dans leur lit : il y a là de quoi être dégoûté d'être vertueux quand on est roi ; mais la vertu trouve sa récompense dans le ciel et dans la mémoire des hommes.

Un écrivain qui ne manque point d'esprit, et qui a publié dernièrement des mémoires attribués à une grande dame, vint prier le général de Rivarol de vouloir bien lui lire quelques unes des pensées inédites de son frère, il le fit avec plaisir ; mais il fut un peu étonné de trouver quelque temps après dans un volume de ces mémoires plusieurs de ces pensées, et surtout celle-ci, *l'assemblée constituante tua le roi, la Convention ne tua que l'homme*. Cette pensée est un peu à la manière de Tacite. L'éditeur ou l'auteur de ces mémoires n'aurait pas dû faire de Rivarol un simple bel-esprit; c'était un penseur et un écrivain remarquable, et il aurait dû le dire.

Nous avons entre les mains une traduction *des*

amours de Tancrède et d'Herminie, épisode de la Jérusalem Délivrée, que le père de Rivarol publia anciennement dans la Bibliothèque des Romans ; un petit poème très spirituel sur un événement ridicule de la révolution, *la Fuite de Marat*, et un sonnet que bien des gens préfèrent à celui de Desbarreaux. On pourrait faire une édition des œuvres de la famille Rivarol ; et ce serait une chose peu commune : on y verrait du père ce que nous venons d'annoncer, ensuite tout ce qu'ont fait ses deux fils, et *l'Essai sur les Calabres*, un *Discours sur Rollin*, et *une Ode sur le café*, de son petit-fils, capitaine dans la garde royale. Tous les hommes bien pensans qui ont une bibliothèque souscriraient inévitablement à cette édition qu'on donnerait par livraisons, et à bon marché.

Le père de Rivarol, à qui le sien ne parlait qu'italien, apprit cette langue à ses deux fils dès leur enfance, ce qui fit que son aîné traduisit *l'Enfer du Dante*, étant encore bien jeune, et le cadet traduisit son petit poème *des Chartreux* en vers italiens : c'est leur père qui dirigea et perfectionna leur éducation, et c'est faire son éloge : d'ailleurs au sujet de la révolution, il pensait comme ses deux fils, et ne varia jamais; il leur adressa ce quatrain :

> Mon espérance enfin n'a pas été trompée;
> J'ai deux fils bien chers à mon cœur;
> L'un se sert de la plume, et l'autre de l'épée,
> Et tous les deux me font honneur.

Rivarol, comme on sait, mourut émigré à Berlin en 1801 : le fils de son frère fit pour lui le distique suivant, qu'on peut regarder comme son épitaphe :

> Regibus atque Deo fidum servavit amorem;
> Necnon eloquio clarus et ingenio.

PENSÉES INÉDITES.

L'origine de la servitude est dans le mot même. *Servus* est un abrégé de *servatus*.

La fortune déplace les sots, plus qu'elle ne cache les gens d'esprit.

Aristote a régné long-temps entre la foi et la raison.

Le pauvre pédant prend les rayons de sa bibliothèque pour ceux de la gloire.

De même que ce sont les images des objets, et non les objets mêmes qui frappent nos yeux ; ainsi nos âmes sont frappées des opinions qu'on a des choses, et non des choses mêmes.

Dans les voyages de long cours au milieu des

mers, on est à la fois trop séparé du monde et trop près des gens du vaisseau.

On devine bien la raison pourquoi un sot est si obstiné, et un homme d'esprit si facile.

Quand on se marie, si on a des enfans, on offre trop de surface à la fortune.

La dissimulation peut mener à l'esprit : G... dit si souvent le contraire de ce qu'il pense, que cela lui fait attraper de jolies choses.

L'ignorance fait tout le plaisir et toute la fraîcheur des premières sensations.

On tue l'ignorance comme l'appétit : on mange, on étudie, et c'est ainsi qu'on arrive vers cet état qui rend la mort si nécessaire.

Tout a un regard philosophique ; même de considérer des mots d'une langue qu'on n'entend pas : cela fait mieux sentir que tout est convention dans le langage.

Différence des procédés de la nature et des nôtres ; n'ayant que le même spectacle à nous offrir,
elle change les spectateurs, et nous changeons le
spectacle.

Les jeunes gens auprès des femmes sont des riches honteux, et les vieillards des pauvres effrontés.

Les sots, les paysans et les sauvages se croient
bien plus loin des bêtes que le philosophe.

On ne déraisonne jamais mieux que lorsqu'on a
beaucoup de raison à perdre ; comme on ne se ruine
jamais mieux, que lorsqu'on a beaucoup de fortune.

Le *moi* dans l'homme est l'effet d'une conver-
gence dans toutes les facultés, d'un véritable éréthisme. La plupart du temps l'homme agit sans le
moi, et son corps va sans pensée comme un vaisseau sans pilote, par le seul bienfait de sa construc-
tion. Enfin ce *moi*, cet état d'énergie fatigue ainsi
que tout autre éréthisme, comme lorsqu'on veut
dormir, c'est-à-dire perdre connaissance, et qu'on
ne le peut pas.

Les mouvemens brusques de la pensée fatiguent

comme ceux du corps. On l'éprouve en faisant des divisions dans son discours, si on va et revient vite de l'une à l'autre.

Les visions ont un heureux instinct : elles ne viennent qu'à ceux qui doivent y croire.

L'amour dans l'État social, n'a peut-être de raisonnable que sa folie.

Il faut de si fortes raisons pour vivre, qu'il n'en faut pas pour mourir.

C'est un grand effet de la providence que le bonheur des enfans ; car si ce monde était une bonne chose, ce sont ceux qui n'y comprennent rien qui seraient le plus à plaindre.

Vivre dans l'aisance, avoir de la patience, de la prudence et de la santé, voilà le bonheur de l'homme : si avec tout cela, il n'est point heureux, c'est qu'il n'est pas digne de l'être.

Ce qu'il y a d'horrible en général dans ce monde,

c'est que nous cherchions avec une égale ardeur à nous rendre heureux, et à empêcher les autres de l'être. Beaucoup d'hommes lancent sur nous autant de traits que de regards.

Le mot *cher* a quelque chose de doux et de vil. Il est l'expression de l'amour et de l'avarice, et semble dire que ce qui tient à la bourse tient au cœur. On dit *toucher de l'argent* pour dire *le prendre*.

Les images n'avancent pas l'esprit, mais elles le déplacent, et le mettent souvent mieux en face de la question. Elles font jouer le rôle de juge au lecteur.

On corrompt la fille innocente avec des propos libres, et l'amour délicat séduit la femme galante : fruit nouveau pour l'une et l'autre.

Il y a des gens qui, en nous offrant leurs services, nous resserrent le cœur, et l'avertissent de refuser : d'autres qui, par leur cordiale franchise, relâchent notre sévérité.

Il faut de *l'économie* dans les petites fortunes, et de *l'ordre* dans les grandes.

La nature n'ayant plus rien de nouveau à offrir à l'homme qui pense et qui vieillit, et la société encore moins, il ne doit demander que l'air et l'eau, le silence et l'absence, quatre élémens de la vie, quatre choses sans goût et sans reproche.

Malheureusement il y a des vertus qu'on ne peut exercer que quand on est riche.

La paresse n'est dans certains esprits que le dégoût de la vie ; dans d'autres, c'en est le mépris.

Donner *la question* se dit parce qu'on interroge par la douleur.

La croyance à certaines vérités n'est venue à tous que parce qu'elle était d'abord venue à quelqu'un.

On dit un grand, un ingrat, un infidèle ; pourquoi ne dit-on pas un bon, un paisible, un doux ?

L'homme dit *commencement et fin ;* ce sont deux idées. Dans un système entier, comme un homme ou un arbre, on ne trouve ni commencement ni fin, si ce n'est naître ou mourir ; et tout cela n'est que changement pour la nature, qui ne commence ni ne finit en lieu comme en temps.

On ne fait point l'histoire de la nature. Si je mettais chaque jour un masque, celui qui aurait dessiné tous mes masques n'aurait pas encore fait mon portrait.

Tout le monde s'agite pour trouver enfin le repos ; mais il y a des hommes si paresseux qu'ils mettent le but au début.

Sur dix personnes qui parlent de nous, neuf en disent du mal, et souvent la seule personne qui en dit du bien le dit mal.

Il faut se proposer d'être toujours vrai dans toutes ses paroles ; parce que ce plan invariablement suivi nous élève à nos propres yeux, et parce qu'il nous rend discrets. Une vertu en amène une autre. La dissimulation ne doit pas passer le silence.

Pourquoi préfère-t-on pour sa fille un sot qui

a un nom et un état à un homme d'esprit ? C'est
que les avantages du sot se partagent, et que ceux
de l'esprit sont incommunicables. Un duc fait une
duchesse ; un homme d'esprit ne fait pas une
femme d'esprit.

Les hommes les plus sages sont toujours ceux
qui ont le moins d'ascendant sur les autres hommes, parce qu'ils ont le moins de rapports avec
eux ; c'est comme les plus ingénieux.

Quand on se propose un but, le temps, au lieu
d'augmenter, diminue.

Quand un homme vaut mieux que ce qu'il pos-
sède, il faut qu'il soit bien pauvre ; et voilà pourquoi les riches paraissent valoir si peu, et d'où
vient la faveur des philosophes pour les pauvres.

Dans Esther Louis XIV est Assuérus ; Louvois
Aman ; et les protestans les juifs : mais le roi ne
se laissa pas fléchir comme Assuérus, parce que
son Esther avait apostasié. Madame de Maintenon
avait été protestante.

Si l'homme avait des yeux tout autour de la tête,
devant et derrière n'existeraient pas pour lui.

Il y a deux sortes de langages; Racine et Molière, Plaute et Virgile. Les uns, en élevant leurs expressions, échappaient au grand nombre de leurs contemporains ; mais ils les portaient plus loin autour d'eux et dans la postérité. Les autres, en prenant leurs expressions dans toutes les classes de la société, frappaient mieux leurs contemporains, et sont moins entendus de la postérité. Il y a des choses dans Molière que les étrangers ne peuvent pas comprendre.

On a remarqué que les gens à talent s'enivrent souvent comme les gens du peuple, et que les gens d'esprit y répugnent.

On sent pourquoi le mot *artisan* peut s'appliquer à Dieu, et non celui *d'artiste*.

En Angleterre l'esprit public est plus sain ; en France l'esprit particulier vaut mieux : de sorte qu'en Angleterre vous trouverez plutôt un meilleur peuple, et en France un meilleur homme.

Il y a des gens fidèles dans leur perfidie, comme on a dit de la Fortune, qu'elle est constante dans son inconstance.

Ce ne sont pas les peines d'une telle condition dans la vie qui nous en dégoûtent, mais les plaisirs d'une autre.

Parmi les malveillans, qui disent étourdiment le mal dont ils ne sont pas sûrs, il y a des *amis discrets,* qui taisent *prudemment* le bien qu'ils savent.

L'homme de la nature est trompé par les sensations, et l'homme social par les opinions. Sans ces deux sortes d'erreur, il ne pourrait exister et ne saurait pas vivre.

Un homme à talent dira plutôt une sottise qu'un homme d'esprit. Les gens du monde s'y trompent souvent, et confondent l'esprit et le talent.

Revenez, écrivait une femme peu chrétienne à son amant; si j'avais pu aimer un absent, j'aurais aimé Dieu : cette femme faisait de Dieu un homme; il est toujours présent.

Il faut toujours avoir affaire, ou à la malice des hommes si les temps sont calmes, ou à leur barbarie, s'il y a révolution.

L'admirable nature a voulu que ce que les hommes ont de commun, fût essentiel, et ce qu'ils ont de différent peu de chose : il est vrai que ce qu'ils ont de différent change beaucoup ce qu'ils ont de semblable.

Faut-il traduire les lois en français, comme on a traduit l'Évangile ? Il est plaisant que l'Europe, qui a consenti à être sauvée sur des traductions, ne veuille être jugée que sur des textes.

Le martyr d'une vieille religion a l'air d'un entêté ; le martyr d'une religion nouvelle a l'air d'un inspiré.

Si le riche n'était libéral que comme la terre, qu'il n'accordât rien qu'au travail, il passerait pour dur.

Les philosophes sont plus anatomistes que médecins, ils dissèquent et ne guérissent pas.

Le tour le plus ingénieux qu'on ait joué à l'égoïsme, c'est l'établissement du dogme d'une autre vie ; car on a forcé l'homme à sacrifier celle-ci pour l'autre.

La fatalité ou prédestination est dans les choses et non dans nous. Il est fatal que tout corps qui passera sur telle pente, glisse et tombe ; mais il ne l'est pas que tel homme y passera.

Vingt mille femmes mal faites font passer une mode qui n'est favorable qu'à leur défaut ; le petit nombre de belles femmes s'y assujettit : la majorité l'emporte.

Rien de si affreux que d'être riche sans vertus.

La peur est la plus terrible des passions, parce qu'elle fait ses premiers efforts contre la raison ; elle paralyse le cœur et l'esprit.

L'homme fut placé sur le seuil de la vie comme devant un carrefour ; les animaux comme devant une seule route. Raison pourquoi nous sommes capables de doute, et coupables de fourberie : les animaux exempts de l'un et de l'autre et toujours incorruptibles.

Ce qui rend les consolations si inutiles et souvent si insupportables, c'est qu'on ne peut offrir le temps.

L'homme compte tellement sur les vicissitudes de la fortune, que s'il est bien, il craint; s'il est mal, il espère. La crainte étant une mauvaise espérance, on aurait pu dire la bonne et la mauvaise espérance, comme on dit *bonheur* et *malheur*, c'est-à-dire *bonne heure* et *mauvaise heure*. Cela peut se trouver peut-être dans quelque langue.

Quand les lois sont obscures, les juges se trouvent naturellement au-dessus d'elles, en les interprétant comme ils veulent. Il y a dans chaque application de la loi une partie imprévue abandonnée à leur sagacité.

Ce qu'il faut éviter en morale, c'est de placer la vertu dans des actes indifférens, comme le jeûne, le cilice, les austérités; tout cela ne peut pas être utile aux autres hommes.

L'impiété a des conséquences affreuses. Les jeunes gens y sont fort sujets, aux premières lueurs de la philosophie.

L'homme a une tranquille inattention et une ingratitude habituelle pour les jouissances les plus essentielles de la vie, comme la vue, la santé, etc. Dans la privation, il sent l'horreur et le regret. Il a de l'enthousiasme pour les jouissances accidentelles et imprévues , comme celles des arts , les spectacles, etc., et dans la privation , l'oubli ou une facile indifférence.

Dans la société politique il y a gloire et danger pour les uns , et danger et honte pour les autres : sécurité paisible sans gloire et sans honte pour le grand nombre.

Il y a deux grandes traditions dans l'antiquité qu'on n'a pas assez remarquées. « Satan, le premier des anges veut détrôner son bienfaiteur : le fruit de l'arbre de la science du bien et du mal donne la mort. » L'une enseigne que l'ingratitude est inhérente à tout être créé ; l'autre que les lumières ne rendent pas les peuples heureux.

Le fatalisme est merveilleux dans la tragédie. Comment s'intéresser à une femme criminelle , si elle ne peut en rejeter la faute sur les dieux ?

> Ces dieux qui se sont fait une gloire cruelle
> De séduire le cœur d'une faible mortelle....
>
> PHÈDRE.

Ce même fatalisme dégrade l'histoire dont l'es—

sence et la majesté consistent à tout rapporter aux
causes naturelles et aux passions,

La distraction tient à une grande passion ou à
une grande insensibilité.

Le mouvement entre deux repos, est l'image du
présent entre le passé et l'avenir. Le tisserand qui
fait sa toile fait toujours ce qui n'est pas.

Une langue mal faite, comme le chinois, retient
l'esprit dans une véritable imperfection.

Voyez les fruits qui tombent avant le temps ; ils
ont une fausse maturité, une fausse couleur, une
douceur fausse qui nous trompent. Les fruits qui
doivent passer par toutes les périodes de la belle sai-
son, ont une verdeur et une âpreté qui contrastent
avec ceux que je viens de peindre.

Voyez aussi les enfans qui meurent avant de devenir hommes, ils mûrissent tout-à-coup. Leurs
gestes, leurs paroles, leurs regards sont d'un autre
âge ; ils étonnent souvent par une tournure morale
qui n'a plus rien de l'enfance. Au contraire, ceux

qui doivent arriver à l'état d'homme, ont une enfance longue et turbulente ; et pour compléter l'analogie, les parens abandonnent leurs enfans quand ils sont grands, et les arbres leurs fruits, quand ils sont mûrs.

Rien n'étonne quand tout étonne ; c'est l'état des enfans.

Les rêves, la folie et l'ivresse prouvent que notre âme dépend beaucoup de notre corps, et *vice versá*.

Nous paraissons en littérature avec une certaine quantité d'idées qui font notre réputation d'esprit. Les ouvrages que nous faisons au-delà, sont de notre talent plutôt que de notre esprit, et nuisent souvent à notre réputation. Il est bon de distinguer le moment où on n'a plus rien à dire au public, et de ne pas abuser de la facilité qu'on a acquise en écrivant ses premiers ouvrages.

Un homme, habitué à beaucoup écrire, écrit souvent sans idées ; comme ce vieux médecin qui tâtait le pouls à son fauteuil en mourant.

A mesure que la philosophie se propage, les cérémonies pour les morts diminuent, et la croyance d'une autre vie s'affaiblit. Voilà pourquoi on a donné le nom de *superstition* à cet article des croyances religieuses qui fait que nous croyons nous survivre ; et cet article étant le plus important, il a donné son nom aux crédulités de tout genre. *Superstitiosos vocabant illos qui se sibi esse superstites credebant.*

Si, étant fort occupé d'une idée, on se retourne dans son lit, on la perd, et souvent pour longtemps.

Les enfans font des cris, aiment le bruit, le feu, etc. ; ils font tout ce qu'ils peuvent pour s'avertir de leur existence. Les gens bornés aiment le mouvement. Il n'y a que les hommes exercés à la méditation qui aiment le silence et le repos : leur vie est une suite d'idées.

L'ouvrier a besoin de chanter en travaillant. Nous avons du goût pour la symétrie et les rimes. Tout cela nous avertit que nous sommes composés de parties correspondantes et en harmonie.

Les bourses se vident pour un chanteur et un

danseur ; tout est de glace pour l'homme qui pense et qui redresse les idées de son siècle. C'est que celui-ci ne donne que de la fatigue et humilie les gens médiocres, tandis que le chanteur ne donne que du plaisir et n'humilie jamais. Les idées perdront toujours leurs procès contre les sensations. Il n'y a que les excellents esprits qui quittent tout pour suivre une tête pensante.

Il naît plus d'hommes que de femmes en Europe, et, sans la guerre, les femmes y seraient condamnées à l'infidélité. Dans un pays où il y aurait plus de femmes que d'hommes, beaucoup seraient condamnées à la fidélité.

Mlle La Guerre, ayant eu un démêlé assez vif avec son amant, s'enfuit un soir de l'Opéra avec ses habits de théâtre, tout en pleurs, et perdant si bien la tête, qu'elle s'égara dans la campagne. Elle y passa la nuit à pleurer, et vers le matin, c'était en été, elle se mit à chanter et à saluer l'aurore d'un très bel air qu'elle avait souvent fait applaudir à tout Paris. Les paysans qui aperçurent cette belle créature, avec des habits d'une richesse et d'un goût inconnu pour eux, étonnés de ses gestes, de sa superbe taille et de sa voix, la prirent pour un ange, et se mirent à genoux autour d'elle. C'est pourtant au siècle des lumières que ceci s'est passé et près de Paris en 1778.

Il y a des gens à talent de deux espèces; ceux qui ne s'exercent que sur la matière, comme les sculpteurs, les peintres, mais qui ont peu d'esprit; et ceux qui s'exercent sur la parole, comme orateurs et poètes. Ceux-ci attrapent de l'esprit et des idées. On peut les comparer aux orfèvres qui ont pour eux les parcelles du précieux métal qu'ils mettent en œuvre.

L'esprit malin et le cœur bon; c'est la meilleure espèce d'hommes.

La partie du scandale est le morceau neuf de l'Evangile qui y est admirablement traitée.

Il faut observer que chez les anciens on avait de la religion sans avoir de clergé, et que c'est le contraire chez les peuples modernes. Quand tout particulier est prêtre, il a des autels chez lui.

De même qu'une fleur ou un fruit sont embellis ou grossis par la culture, moins ils portent de grai-

nes ou de pepins : ainsi plus un homme cultive sa
tête, moins il est propre à la génération ou au travail des mains. Ce qui prouve toujours que la nature n'est pas qu'une fleur soit une belle fleur, ou
un fruit un gros fruit, ou l'homme un grand penseur.

Se révolter contre les maux inévitables et souffrir ceux qu'on peut éviter, grand signe de faiblesse. Que dire d'un homme qui s'impatiente contre le mauvais temps, et qui souffre patiemment
une injure?

Ce qui fait la puissance du talent, c'est qu'il ex-
prime d'une manière neuve et piquante, les pensées
les plus communes : or, les pensées les plus communes se composent des sensations premières, souvent répétées, et par conséquent fondamentales dans
l'homme.

C'est si fort la mode aujourd'hui de dire du mal
des princes, qu'on a l'air de les connaître particu-
lièrement quand on en dit du bien.

Il n'est pas besoin de passer devant les objets
quand les objets passent devant nous : aussi les

habitans des grandes villes ne croient pas avoir besoin de voyager.

La plupart de nos impies ne sont que des dévots
révoltés.

Si nous étions composés d'élémens insensibles,
d'atomes sans mouvemens et sans vie, et que pourtant nous fussions capables de sentir et de nous
mouvoir, il faudrait bien conclure qu'il y a en nous
un être qui se meut et qui sent, comme le ressort
d'une montre. Mais il est très vrai au contraire que
nous sommes pétris d'atomes pleins de vie et de sensibilité, qui aiment, haïssent, souffrent, se réjouissent.

Le mot *précaire* signifie aujourd'hui une chose ou
un état mal assuré, et prouve le peu qu'on obtient
par la *prière*, puisque ce mot vient de là.

C'est peut-être une erreur fondamentale que de
croire la matière impénétrable.

L'homme étant composé de parties enharmoni-
ques, est réduit à prouver par la raison qu'il a
raison, et par son oreille que tel son est juste.

Un jeune homme très connu avant la révolution, s'étant poussé dans le monde, profitait d'une circonstance heureuse pour envoyer quelque secours à son père, et recommandait le secret à un ami qui l'aidait en cela ; parce que, disait-il, dans un siècle si corrompu, le malheur d'avoir un père pauvre, pouvait lui faire plus de tort que sa piété filiale ne lui faisait honneur.

L'art fait tout avec art, et la nature fait tout sans art.

La nature remue des élémens, et nous ne remuons que des masses. Si nous voyions les élémens, nous ne verrions pas les masses ; d'où il résulte que voyant celles-ci nous ne devons pas voir les autres.

Ce qui fait qu'un sauvage ne se plaît pas dans nos villes, c'est qu'il n'attache aucune importance à l'opinion, car s'il y en attachait, il supporterait bientôt toutes nos chaînes, puisqu'il porterait déjà la première et la plus lourde. On a vu des matelots devenus sauvages ne vouloir jamais revenir à l'état social, et on n'a pas vu un seul sauvage qui ne soit retourné chez les siens à la première occasion, quelque agrément qu'on lui procurât parmi nous.

L'homme du peuple, situé par la misère entre
le travail des mains et la mort, abhorrant également l'une et l'autre, recourt aisément au travail.
L'homme du monde, dans cette situation, choisit
entre le travail et la mort.

Notre vie est composée de mouvemens réglés.
Tout mouvement plus fort ou moins régulier produit ou la douleur ou le plaisir ; tout mouvement
plus faible, le sommeil. La nature n'a pas prévu
l'ennui.

Un homme à qui la nature a tout donné, et à qui
la société dispute ou refuse tout, ne peut rien pour
ce monde et ne travaille que pour l'avenir.

On dit dans l'école : *Dieu ne peut faire un bâton sans
bouts :* c'est que Dieu résiste à l'impossible, parce
que l'impossible n'est pas vrai, et que Dieu est la
vérité même. La raison d'ailleurs ne veut et ne
peut l'absurde.

J'ai vu la Hollande, en 1795, sur le point de se
perdre par économie plutôt que de se secourir
avec son argent. Elle se croyait une république et
n'était qu'un comptoir.

Lors de notre fureur pour les jardins anglais, on alla jusqu'à vouloir que ces sortes de jardin fussent de vrais paysages. On diminuait les fleuves et les montagnes, mais les arbres et les hommes restaient les mêmes : de sorte qu'on franchissait un fleuve d'un pas, et que deux arbres couvraient une montagne, sans compter qu'on n'obtenait jamais la perspective aérienne et les lointains que la peinture imite avec tant de succès.

Il faut que la vérité arrive nue à son but ; et pour qu'elle y arrive nue, il faut qu'elle laisse tomber ses voiles, et ses voiles sont les *in-folio*.

L'enfant qui tette n'est qu'un organe, tel qu'un des vaisseaux lactés qui pompe le chyle.

On ne peut pas vouloir une idée avant qu'elle nous vienne, et on ne peut pas toujours la chasser quand elle est venue.

En 1782 quelques demoiselles de nom, âgées de quinze à dix-huit ans, s'ennuyant à l'Abbaye-aux-Bois, s'avisèrent d'écrire une belle lettre au Grand Turc, pour le supplier de les admettre dans son sérail. La lettre interceptée fut remise au roi, et on en rit beaucoup à la cour. L'ennui du couvent et le désir de l'amour leur firent faire une chose très *naturelle*.

Le talent n'est autre chose que l'esprit d'employer l'esprit.

La pudeur, une des principales chaînes de la société, et le rire, particulier à l'homme, prouvent évidemment l'existence d'un beau idéal.

Ce qui prouve que l'esprit a commencé en nous, c'est qu'il est plus inquiet de ce qu'il sera que de ce qu'il a été.

La vanité a ses douleurs. Le marquis de ***, homme extrêmement vain, ayant épousé une femme de chambre que le duc de *** avait voulu épouser, tant elle avait de mérite et de beauté, s'écriait souvent : « Ah ! combien je gémis d'avoir fait mon bonheur. »

Les gens les plus malheureux sont ceux qui souffrent par la vanité. Ces sortes de douleurs n'ont pas de dédommagement. Une des maîtresses de

Louis **XV**, qui en avait un fils, gémissait de ce que le roi ne l'avait pas fait prince ; je lui dis : « Vous avez couvé l'œuf d'un paon, et il n'en est sorti qu'un poulet. »

L'opinion est dans le public, et non dans le peuple : c'est ce qui a trompé beaucoup de gens.

Si à mesure qu'un homme augmente sa fortune, il agrandissait son estomac, il faudrait bien s'en défaire ; c'est le cas des avares. Le coffre où ils entassent leurs écus ressemble à un estomac qui deviendrait chaque jour plus ample, et qui finirait, si la mort n'y mettait un terme, par engloutir la nourriture de toute une ville.

L'esprit bat quatre fois dans le temps que le sens commun n'en bat qu'une. Il est toujours une raison prompte, et souvent une raison ornée.

Songez que ce grand est sujet à toutes vos petites passions, timide ou insolent, avare ou faux comme vous. Où réside donc cette grandeur ? Chez vous et non chez lui. La grandeur d'un homme est comme sa réputation ; elle vit et respire sur les lèvres d'autrui.

Un homme médiocre qui prend bien son temps, peut avec de l'adresse et de la patience, jouer un rôle et faire parler de lui.

L'incrédule se trompe sur l'autre vie; le croyant se trompe souvent sur celle-ci.

Quoiqu'un homme éloigné paraisse petit, il y a pourtant de la différence entre un homme éloigné et un petit homme : effet de la perspective.

Un homme devient grand, et tout-à-coup beaucoup de gens se font lierre, parce qu'il s'est fait chêne.

On appelle la vie un bienfait, et cette expression si usitée est fausse. Je n'existais pas, vous m'avez fait, et voilà tout. C'est un acte et non un bienfait, de quelques dons que soit enrichi l'ouvrage. L'horloger ne peut pas dire qu'il est le bienfaiteur de l'or, de l'acier et du cuivre dont il a fait une montre.

L'homme est le seul animal qui fasse du feu, ce qui lui a donné l'empire du monde.

L'art de la guerre n'est pas le premier ni le plus difficile des arts par sa nature, mais il est le premier par ses conséquences qui font la destinée des empires.

Entre deux sots qui combattent, il y a toujours un victorieux, et c'est bien égal.

La vanité est plus forte que l'amour de la gloire. Un homme d'un grand nom qui ferait bien les vers, les lirait dans la société, et n'oserait les publier sous son nom. La gloire d'un grand seigneur est dans sa maison, celle d'un grand écrivain est dans sa personne. Buffon et Voltaire sont connus dans les deux mondes, et beaucoup de gens qui ont un nom illustre y sont inconnus.

Celui-là est toujours libre qui fait, quoique forcé, les choses dont il a besoin, comme un valet sert pour vivre : mais celui-là est esclave qui est contraint de faire ce dont il n'a aucun besoin.

Nous sommes plus frappés des événemens de notre temps et qui se passent autour de nous que des événemens passés ou lointains, quoiqu'ils soient également frappans. Le présent nous touche sans cesse.

L'amour du repos donne le goût de l'ordre, et le goût de l'ordre donne l'amour des puissances.

Quand on a raison vingt-quatre heures avant le commun des hommes, on passe pour n'avoir pas le sens commun pendant vingt-quatre heures.

La métaphysique ne résout pas certaines difficultés, mais elle les expose mieux en les mettant sous un plus grand jour. Le commun des hommes voit des taches dans la lune; un télescope nous met en état de compter, de dessiner ces taches sans nous en expliquer la nature. La métaphysique rend donc la visière plus nette et voilà tout.

Il y a certaines questions en morale auxquelles un homme sage et sûr de sa conscience ne doit jamais répondre. La loi est écrite sur le frontispice de l'édifice social; elle garde les portes et les avenues et ne connaît ni acception ni exception. Il est pourtant dans l'édifice de la morale et des lois un asile secret que j'appellerais volontiers *le tribunal de la conscience*, dont la vertu seule connaît le chemin, et que la multitude doit à jamais ignorer. Ce serait un crime que de montrer à l'étranger le plan de nos fortifications; il aurait alors la clé du royaume. Je ne montrerai donc pas le chemin couvert et la porte

secrète de ce sanctuaire écarté où se jugent les délicatesses de la morale , les perplexités de la justice,
et tous ces problèmes pour lesquels Thémis n'a pas
de balances : car si on les montrait, l'avide intérêt
et tous les sophismes des passions forceraient bientôt la porte et violeraient la conscience dans son
dernier asile.

A moins que l'esprit n'ait la vérité pour but, et
le raisonnement, l'utilité, je ne vois pas de raison
pour les admirer.

L'indulgence pour ceux qu'on connaît est bien
plus rare que la pitié pour ceux qu'on ne connaît pas.

Martyr signifie *témoin ;* mais comme les Chrétiens
qu'on persécutait *témoignaient* au milieu des sup-
plices , on n'entend plus ce mot que dans le sens
d'une personne qui souffre pour sa religion, ou par
extension, de tout homme qui souffre de longues
tortures pour quelque cause que ce soit.

Le langage des perroquets prouve qu'ils sont
occupés du son et non du sens, comme les enfans;
puisqu'ils ont la variété de l'alphabet dans leur

organe vocal, tout comme eux, et que, comme eux, ils choisissent les sons et les tons qu'il faut pour répéter.

Ce qui fait que les gens du monde sont à la fois médiocres et fins, c'est qu'ils s'occupent beaucoup des personnes et fort peu des choses : c'est le contraire dans les hommes d'un ordre plus élevé.

Comprendre, c'est saisir et contenir. Notre esprit ne peut tout comprendre, comme nos mains et nos bras ne peuvent tout contenir et tout embrasser, et comme nos yeux ne peuvent tout mesurer. Quand on n'écoute pas ce qu'on dit, et qu'on ne comprend pas ce qu'on fait, la langue parle et les membres agissent à notre insu.

Il y a dans nous un esprit qui a reçu la vie et la pensée à des conditions matérielles.

La nation la plus vive et la plus légère de l'Europe a eu un jeu, une danse, et une musique graves, le piquet, le menuet et nos airs anciens. Serait-ce le pourquoi de la gaîté de Racine, qui faisait des tragédies, et la tristesse de Molière qui faisait des comédies ?

L'enfant qui naît, n'ayant que des facultés, n'est encore que récipient : sent-il pour la première fois, non seulement il est alors rempli de la sensation actuelle, mais au second moment il sent qu'il a senti, et qu'il ne sent plus ; là commence la mémoire ; et si on lui fait éprouver au troisième instant une nouvelle sensation, il sent que celle-ci n'est pas l'autre ; ou si c'est la même il sent l'identité : ainsi il exerce *sentiment, mémoire* et *jugement.* Le *moi* résulte avec le temps du nombre des sensations qu'il éprouve, car à force de se toucher et de se sentir, il finit par se distinguer de tout ce qui n'est pas lui.

Il y avait, dans ma jeunesse à Paris, des hommes qui donnaient beaucoup d'argent aux filles pour s'en faire aimer. « C'est un homme, disait une de ses filles, en parlant du duc de * * *, qui veut être adoré, et c'est cher. »

Vers les derniers temps, on ne pouvait plus réussir à la cour de France, sans avoir quelques ridicules qui se faisaient aimer, ou une nullité parfaite qui vous faisait supporter.

L'imagination n'est que le sentiment d'un premier sentiment qui nous revient, même en l'absence de l'objet. Le jugement n'est que le sentiment de l'identité ou de la différence de deux autres sentimens ; d'où naissent l'esprit et le goût. Le mélange de la mémoire et du jugement règle l'imagination. La folie est de deux espèces, l'une fixe et l'autre multiple. L'ivresse assoupit à un degré égal les trois grandes facultés du sentiment, de la mémoire et du jugement. On a donné le nom d'*idées* qui signifie *images*, aux sentimens simples ou composés, et leur effet s'appelle *sensation*.

Le spectacle des méchans a fait les gens de bien, comme celui du ridicule a fait les gens de goût : *jura inventa metu injusti.*

Ceux qui demandent des prodiges ne se doutent pas qu'ils demandent à la nature l'interruption de ses prodiges.

La nature a voulu que ce qui bornait nos idées, bornât aussi nos désirs : *ignoti nulla cupido.* Voyez le paysan qui ne convoite pas la dame du village, et son égal, devenu homme d'esprit par l'éducation, dont les rêves et les passions sont aussi étendus que les idées qu'il a acquises.

L'ignorance étant une négation et partant un mal

dans l'ordre social, elle n'en est pas un dans l'état des bois ; aussi la nature n'a donné aucun moyen à l'homme des bois d'acquérir des notions qui feraient son supplice, comme elles font souvent celui d'un homme exilé de nos villes dans un désert : car ces notions seraient des souvenirs, puisqu'il n'y a point d'idées innées. Rousseau a écrit pour ce qu'il appela l'état de nature, contre la nature éternelle des choses. La science n'est un mal bien souvent, que parce qu'elle n'est pas entière, que parce qu'elle est une demi-ignorance. Mais il ne faut pas moins s'inoculer la science pour éviter le mal d'ignorance. Quant aux arts et métiers, c'est folie de dire que nos mains n'étaient pas faites pour exécuter tout ce que notre esprit inventait, ce qu'exigeait l'ingénieuse et impérieuse nécessité.

L'inscription de la bibliothèque égyptienne était admirable : *Trésor des remèdes de l'ame.*

L'avare manque autant de ce qu'il a que de ce qu'il n'a pas. C'est l'homme haïssable par excellence. Un riche qui ne fait pas du bien sans être avare est un soleil qui aurait perdu sa lumière.

Les gens du monde emploient mieux leurs loisirs que leur temps : les pauvres n'ont pas de loisirs

Les philosophes se sont trompés sur le peuple et sur les grands. Ils ont pensé que les petits s'éclaireraient, et que les grands ne s'éclaireraient point.

Si en copiant un beau modèle, vous faites un dessin estropié, direz-vous pour vous excuser que vous vous êtes abandonné à la nature; c'est à celle de votre modèle qu'il fallait s'abandonner et non à la vôtre; car vous vous êtes gâté vous et votre modèle en suivant vos libres mouvemens, tandis que vous auriez approché de la perfection si vous eussiez renoncé à votre inutile liberté, au profit de la belle nature.

Il n'est pas de talent sans un peu d'orgueil, et sans l'orgueil il n'y aurait pas de talent; c'est lui qui dicta les vers de Voltaire et qui fit danser Vestris. L'orgueil du talent et celui du nom sont également naturels, et une suite de nobles et de danseurs peuvent flatter également.

L'amour-propre, en amour ou dans le malheur, prie toujours maladroitement; car il parle toujours de lui-même à l'objet aimé; et de services rendus, au lieu de bienfaits reçus, à la puissance qu'il implore.

L'homme qui conte pour conter, ment souvent et s'étourdit lui-même; mais celui qui ne voit et ne conte que pour tirer des principes et des conse-quences, ne peut vouloir ni tromper ni se tromper.

Il faut que la raison rie et se fâche. On sait l'u-sage que Socrate faisait de l'ironie. Pascal a mêlé les deux manières. Dieu lui-même, après qu'il eut condamné Adam au travail et à la femme, lui fait une ironie : voilà donc Adam devenu une espèce de Dieu : *Ecce factus sicut unus ex nobis*.

On n'aime pas à être obligé malgré soi, et par certaines personnes; c'est que chacun doit jouer le rôle auquel il est appelé, et qu'il ne faut en usurper aucun, pas même celui de bienfaiteur.

La voix humaine étant douée de la variété des in-flexions, il ne fut pas difficile à l'homme une fois en état de société, et la famille le conduisit d'abord à l'état social, d'appliquer la variété de ces inflexions à la variété des sensations; il eut donc d'abord quelques articulations, et la parole naquit du mé-lange des voyelles et des consonnes. L'événement a prouvé cette subite génération du langage, puisqu'on n'a pas trouvé des sauvages en état de famille sans idiome, et qu'il n'était pas rare de trouver jusqu'à cent idiomes différens dans un petit pays, selon le rapport unanime des plus graves voyageurs. Mais, l'homme se servant de la parole, ne l'analysa point; il se passa bien des siècles avant qu'on s'aperçût du mélange des voyelles et des consonnes, mécanisme de l'articulation. Aussi le premier homme qui songea à fixer la parole par des signes, eut-il une pensée ingénieuse, mais tout-à-fait incomplète et propre à éterniser l'enfance de l'esprit humain, car il ne songea qu'à peindre les objets tels qu'ils étaient, ce qui le conduisit à la peinture; mais les objets manquaient de liaisons, et les actes invisibles ou impalpables de l'homme sur les objets et leur réaction sur l'homme n'étaient pas rendus : il fallut donc imaginer des signes pour représenter des choses qui n'avaient pas de figures; ce qui conduisit aux hiéroglyphes; et comme on était parti du faux principe que ce sont les objets qu'il faut peindre, on s'exposa au malheur d'avoir un dictionnaire aussi étendu que la nature même, et à la nécessité d'accabler la mémoire du double fardeau d'une prodigieuse quantité de mots ou expressions et d'autant de signes, ce qui emportait la vie entière. Enfin, il fallait à chaque objet inconnu, à chaque mouvement nouveau de l'esprit, inventer une figure nouvelle.

Un homme, et c'est sans doute un des plus grands génies qui aient jamais existé, un homme s'aperçut que ce n'était pas les objets qu'il fallait peindre, puisqu'ils l'étaient déjà par la parole; mais que c'était la parole elle-même qu'il fallait peindre; qu'il fallait en un mot faire la peinture de la peinture : or, pour cela il fallut l'analyser, et figurer les diverses ouvertures du gosier et les différens mouvemens de la langue et des lèvres. C'est ce pas en arrière où le hasard ne fut pour rien, puisqu'il est tout-à-fait algébrique, qui place l'inventeur de l'écriture au premier rang des bienfaiteurs du genre humain. Celui qui créa l'alphabet nous mit à la main la clé de la nature et le fil de nos pensées :

C'est de lui que nous vint cet art PRODIGIEUX ,
De peindre la parole et de parler aux yeux;

et non pas *cet art ingénieux*, comme l'a dit un poète, trop peu pénétré sans doute de la sublimité de l'alphabet. La nature ayant donné la voix à l'homme, et la voix ayant donné la parole à la pensée, le génie donna l'écriture à la parole, et la pensée devint maîtresse des hommes par la parole, et des temps et des espaces par l'écriture : enfin, la découverte de l'imprimerie lui assura des titres éternels à cet empire.

En effet, l'imprimerie en multipliant les livres à l'infini, a mis l'art en état de dire à la nature : « Ta fécondité ne m'effraie plus ; j'égalerai le nom-
« bre des livres au nombre des hommes ; mes édi-
« tions à tes générations ; et mes bibliothèques,
« semées sur toute la surface de la terre, triomphe-
« ront du temps et des élémens, de l'ignorance et
« de la barbarie. »

On peut aisément réunir les pouvoirs dans un bon gouvernement, interdire la poudre aux sujets, ou leur imposer par une grande masse d'artillerie, en un mot, par l'armée : mais on ne peut plus, depuis l'imprimerie, confiner les lumières dans certaines mains, comme jadis en Egypte ; mais on confond toujours le peuple et le public, et l'on a trop oublié cette admirable tradition de la plus haute antiquité : *le fruit de l'arbre de la science du bien et du mal, donne la mort* ; et, en effet, ces prétendues sciences populaires font le malheur des nations.

Le premier de tous les luxes est de faire gérer ses affaires et sa propre fortune sans s'en mêler ; c'est aussi le dernier, et c'est par là qu'on finit.

J'ai connu un grand seigneur qui s'occupait beaucoup des vols qu'on fesait chez lui. Un tel me vole tant, disait-il, tel autre tant, et tous ensemble, tant : mais je les garde, j'en prendrai peutêtre de pires. Au reste, je suis assez riche pour aller jusqu'au bout ; mon fils s'arrangera comme il voudra. C'est Louis XV qui disait : la monarchie durera autant que moi ; je plains bien mon successeur : dernier degré de l'insouciance et de l'égoïsme.

Il faut avoir l'appétit du pauvre pour jouir de la fortune du riche, et l'esprit d'un particulier pour jouir comme un roi.

C'est une bonté sotte et cruelle que de consulter les enfans sur l'état qu'ils ont à prendre ; il faut choisir pour eux, et ne pas les jeter dans des indécisions qui leur font perdre toute confiance en nous, sans leur en faire trouver davantage en eux-mêmes. Il en est de même des peuples et de leur gouvernement.

La vanité est le défaut qui cache le plus de vices : l'avarice et même la jalousie ne lui résistent pas.

Un moyen sûr de reconnaître un bon esprit, et même un grand esprit d'avec un simple bel esprit, c'est de voir si un homme est plus enclin aux analogies et aux rapprochemens qu'aux antithèses.

L'antiquité donna le nom de héros, demi-dieu, homme au-dessus de l'humanité à ceux qui faisaient tout par eux-mêmes ; tels que les Hercule, les Thésée, etc., qui n'étaient soutenus que par leurs vertus. Elle accorda aussi ce nom à ceux qui dans les armées payaient sans cesse de leur personne, comme Achille, Ajax, César ou Alexandre. Ainsi,

Enée fut le héros de la piété filiale, pour avoir
porté lui-même son père sur ses épaules à travers
les flammes ; mais il n'était plus héros s'il l'eût
fait porter par ses esclaves. On est encore héros
toutes les fois qu'on dompte une grande passion,
qu'on fait un sacrifice immense au public, puisqu'en ce cas, on ne s'appuie que sur sa propre
force et sur sa vertu. Mais il n'y a que la flatterie
qui ait prodigué le titre de héros à des rois et à
des généraux qui n'employaient que la tête ou les
bras d'autrui. On peut être un grand roi ou un
grand homme sans être un héros, et Louis XIV et
le cardinal de Richelieu ne sont pas plus héros
qu'Homère ou Aristote.

Il ne faut pas dire, *mon esprit, ma figure, ne m'ont
servi de rien :* dites plutôt, *mon esprit et ma figure ne
m'ont conduit à aucun malheur,* et félicitez-vous, au
lieu de vous affliger. Ces dons ne vous ont pas nui ;
ils ont fait plus que vous servir. J'en appelle à cette
Maintenon qui écrivait, *le bien qu'on dit aujour-
d'hui de mon esprit, on l'a dit autrefois de mon visage.*
Elle ne trouva qu'affliction d'esprit au comble des
grandeurs. L'expérience est donc faite ; et en vérité, le dégoût ou l'ennui attaché aux succès peut
entrer en comparaison avec l'amertume d'un revers.

Un homme qui s'enivre de vin, de tabac ou

d'opium, pour être moins sensible à tout ce qui se passe autour de lui, ressemble à celui qui voudrait être sourd ou aveugle au milieu des rues de Londres ou de Paris.

Les habitudes corporelles sont des économies de la mémoire, souvent aux dépens de l'imagination et du jugement, comme les préjugés.

Dans l'histoire fameuse du Collier, il y eut deux coupables : Madame La Mothe et M. de Breteuil; la première par intrigue et besoin, le second par vengeance. Il y eut aussi deux victimes : la reine et le cardinal, mais la reine fut la plus innocente.

Du jour où les Anglais craindront plus pour leur liberté que pour leurs propriétés, le gouvernement sera perdu.

Le peuple se plaît plus aux pièces de théâtre grossières et familières qu'aux chefs-d'œuvre de la scène, c'est qu'il entend les premières.

Ce que nous appelons le bonheur des grands est dans nous et non dans eux. Leur grandeur est dans

l'œil de l'envie, mais en les voyant de près, on cesse
de les envier.

La pression des liquides et des fluides en tout
sens, peut nous donner une idée du mouvement de
la lumière, et nous conduire à la pénétrabilité de
la matière. Avec le dogme de l'impénétrabilité, on
ne peut se tirer d'embarras, au contraire.

Il n'y a point de langue, ancienne et moderne,
qui ait autant de constructions fixes que la nôtre :
de là sa véritable puissance.

Nous sommes, nous et les animaux et les plantes, des ateliers où la nature travaille à un grand
but que nous ne connaissons pas. Et comme nous
donnons à nos ateliers et à nos instrumens, des
formes qui les mettent en état de servir à nos des-
seins (ce qui fait qu'ils exercent une portion de notre intelligence dont ils portent l'empreinte), ainsi
nous avons reçu de la nature des formes et une portion de son intelligence qui nous mettent en état
de concourir à son but, qui nous y nécessitent et
nous font trouver notre bonheur dans l'exercice de
nos fonctions. Mais nous ne donnons que le mouvement à nos machines, et la nature donne aux siens
le mouvement et la vie ; les nôtres n'ont qu'un *moi*

extérieur, les siennes ont à la fois un *moi* extérieur
et un *moi* intérieur : d'où il résulte que nous connaissons bien nos machines, mais que les siennes
se connaissent elles-mêmes ; que les nôtres servent
et périssent, et que les siennes servent et se perpé-
tuent : car, ce que nous apercevons évidemment du
grand but de la nature, c'est qu'elle veut se per-
pétuer, et que tout tend en effet à continuer l'univers.

L'idée fondamentale de la religion juive, c'est que
Dieu a préféré les juifs à tous les peuples. Par cette
idée seule, Moïse éleva un mur d'airain entre sa nation et toutes les nations ; il fit plus ; il dévoua ce
malheureux peuple à une véritable excommunication de la part de l'univers ; et ce qui est admirable,
c'est que par cette haine universelle, il lui assura
l'immortalité. L'amour ou même l'indifférence des
autres peuples, auraient fait disparaître les juifs depuis long-temps, puisqu'ils se seraient fondus par
les mariages, par l'effet des conquêtes, par les dis-
persions : mais cette haine du genre humain les a
conservés, et c'est par elle qu'ils sont effectivement
impérissables.

L'esprit ne demande pas des sensations, et les
sens ne demandent pas des raisons. L'évidence suffit à l'un, et le sentiment aux autres.

Les esprits extraordinaires tiennent grand compte des choses communes et familières ; et les esprits communs, n'aiment et ne cherchent que les choses extraordinaires.

Nos besoins sont fondés sur les proportions. Ce monde étant une harmonie, et par conséquent tout fondé sur des proportions, la *sensibilité* dans le sens de pitié, n'est entrée pour rien dans le plan de la nature.

C'est une grande question de physique et de métaphysique que celle de savoir si les hommes voient les mêmes objets du même œil, et les couleurs de la même nuance. Quand un peintre a fait un portrait, il paraît très ressemblant aux uns, et très peu ressemblant aux autres. Cette expérience prouve qu'il y a des hommes qui ne voient pas de même, et qu'il y en a qui voient de même : car ceux qui trouvent le portrait ressemblant, voient la personne peinte du même œil dont le peintre l'a vue.

L'homme qui n'est pas inventif ne saurait être un grand esprit, dans quelque genre que ce soit, quand il saurait tout ce qui s'est dit et fait de bon depuis le commencement du monde. Il y a beaucoup d'hommes qui ont l'esprit des autres, et voilà tout ; on ne les pille pas.

A la cour on ne se passe rien, et on dissimule tout : ce qui fait qu'on vise à un grand goût, et qu'on arrive à une grande politesse. Les hommes forts en tout genre ne font que fournir des modèles à un homme de cour ; de là vient cette légère teinte d'universalité qui constitue l'esprit de cour.

Les citations rendent le talent paresseux, en chargeant notre mémoire d'une foule de formes de style, parfaites, mais étrangères au génie de notre langue, et en nous accoutumant à ne pas oser ni les traduire, ni à dire l'équivalent en français. Elles nous font penser dans une langue étrangère.

Il y a des gens qui vont jusqu'à estimer la valeur d'un royaume ; comme s'il existait un marché pour en faire la vente ou l'achat : autant vaudrait-il estimer ce globe et le vendre à la lune. La terre ne donne que des revenus ; elle ne connaît pas de capitaux. Si on la mangeait en nature, au lieu de vivre de ses fruits, alors elle serait un capital dont on pourrait calculer le prix et la durée, et il y a long-temps que le genre humain aurait mangé son séjour. Mais la terre n'est pas le gâteau des rois ou le gros pain des Esquimaux : elle répare ses pertes et résiste à notre voracité en nous opposant sa fécondité, le temps et les espaces.

La géométrie n'a de difficile que son langage ; que dis-je ? elle consiste dans ce langage. Un homme qui pense et qui parle bien résout la foule de ses idées, et celui qui parlerait bien l'algèbre résoudrait de même la foule des problêmes.

La justice ainsi que la haine, l'amour, le vice et la vertu naquirent dès qu'il y eut plus d'un homme sur la terre. N'y en eût-il que deux, ce qui serait utile à tous les deux serait un sujet de dispute avant de leur paraître la justice : car on peut croire qu'ils commenceraient plutôt par se nuire que par se servir, à cause que la nature ne leur a donné que l'amour de soi ; il arriverait donc qu'ils ne parviendraient aux idées du juste que par l'expérience de l'injustice. — La définition du juste serait enfin *ce qui est utile à tous*, et comme ce qui est utile l'est toujours, de là les lois avec leurs formes fixes.

La pitié suit la justice ou le crime puni ; le cri de la conscience indignée poursuit le crime triomphant.

Le goût des nouveautés tue l'amour et le génie. Voyez ceux qui changent de livres et de femmes tous les jours. La passion est préférence ; il faut pour être amoureux aimer toutes les femmes dans une seule, et pour avoir quelque génie, méditer et ne relire que les modèles qui sont les archives du goût : *c'est avoir profité que de savoir s'y plaire.*

Annibal et Scipion se sont illustrés en se combattant : Bossuet et Fénélon, Voltaire et Rousseau se sont un peu dégradés en se combattant. Un grenadier qui s'expose sur la brèche, s'honore; un physicien qui périt dans une expérience hasardée est un peu ridicule.

Tout est proportion dans l'homme comme dans le langage. On ne peut pas dire, *j'ai vu une puce couchée tout de son long,* quoique ce soit aussi vrai d'une puce que d'un veau.

Louis XIV était ambitieux, tout le monde fut ambitieux, et il en résulta un grand mouvement et un grand éclat. Louis XV était envieux, l'envie domina, elle ternit et glaça tout.

Une femme disait un jour à un parvenu très vain qui lui refusait une grâce, *fi! fi! vous avez bien tous les défauts des grands :* et elle obtint ce qu'elle demandait.

Le voleur n'est pas assez bien défini dans l'Harpagon de Molière, et le vol n'y est pas assez mis au rang des crimes.

Les principes d'Helvétius sur les effets de l'éducation sont vrais pour les peuples et faux pour les individus.

Les passions se font différentes issues : on voit des hommes non seulement avouer leurs vices, mais s'en vanter, et d'autres les cacher avec soin ; les uns cherchent des compagnons et les autres des dupes. Le plus grand égoïste n'est pas toujours celui qui convient de son égoïsme ; comme le plus gourmand n'est pas celui qui se récrie sur un bon plat, mais celui qui le savoure et qui se tait, de peur que tout le monde ne lui en demande.

Lecteurs, si vous trouviez dans l'histoire qu'une nation refusa d'acheter les biens de ses proscrits, vous l'admireriez, que penserez-vous de la nôtre ?

C'est le système de la terreur interposé qui fait du bien à Bonaparte ; il n'aurait pu succéder à un roi ; on eût trouvé cela ridicule. Il n'a refusé aucune des chances de la fortune et sans doute à des conditions imposées.

J'espère que les malheureux plongés depuis dix ans dans un abîme, et pour qui l'usurpation est un bonheur, qui courbés sous la main d'un Alaric, qui a saisi tous les pouvoirs sans leur consentement, sont guéris de toute illusion.

La fortune de Bonaparte est extraordinaire vu le personnage ; elle ne l'est pas, vu les circonstances : il est ambitieux, il ira loin.

Il en est des malheurs comme des vices, dont on rougit d'autant moins qu'on les partage avec plus de monde. L'émigration m'a prouvé, et l'infortune y était au comble, que les malheureux tiraient toute leur consolation de leur nombre.

Rien ne prouve mieux le peu d'estime que les hommes ont pour leur espèce, que le mépris involontaire qu'ils témoignent aux acteurs et en général à tous ceux qui les amusent et qui servent leurs plaisirs : et la plupart des hommes donnent pour raison de leur mépris pour une femme, qu'ils l'ont eue.

Les poètes nous ont plus intéressés en donnant aux dieux les faiblesses humaines, que s'ils avaient donné aux hommes les perfections des dieux.

Les savants allemands forcés au silence avec leurs contemporains veulent bavarder avec la postérité, et font des volumes pour les lecteurs à venir. C'est tout le contraire qu'il faut se proposer. Voltaire, à cause de sa longue retraite, est tombé dans cet inconvénient familier aux solitaires : il envoyait ses conversations à Paris.

L'homme sage, en fait de religion, ne doit être ni superstitieux ni impie.

Un courtisan, et je ne crois pas qu'il y ait quelque chose au monde de plus sot qu'un courtisan, répondit à Louis XV, qui lui demandait l'heure : « Sire, l'heure qu'il plaira à votre Majesté. »

La justice, vertu si nécessaire à l'ordre social, n'est pourtant que le moyen et non le but de la société. C'est par la justice qu'elle se conserve ; c'est donc la conservation qui est le but ; or, le but va toujours avant le moyen ; puisqu'en effet il y a des occasions où l'État serait peut-être perdu si l'on consultait la justice, à plus forte raison la liberté, même la pitié. Justice due au tout ; humanité et pitié pour le tout. Liberté générale ou sûreté générale, tout cela préférable à la justice particulière. La justice est fille et non mère de la puissance. Les voleurs entre eux ne peuvent subsister sans elle. La liberté a été donnée aux animaux comme moyen et non comme but ; elle leur sert à se conserver.

Tacite a parlé en vrai philosophe quand il a dit, qu'il valait mieux croire en Dieu que d'en discourir : *Sanctiùs ac reverentiùs videtur de existentiâ Dei credere , quàm scire.*

Il n'y a dans le fond qu'une religion sur la terre , *c'est le rapport de l'homme à Dieu*, comme il n'y a qu'un métal appelé *argent;* mais chaque nation marque ce métal à son coin, ce qui fait les différentes monnaies. Il en est de même des langues qui diffèrent entre elles, quoiqu'il n'y ait qu'une parole. Comment appliquer la mesure de fixité aux cultes et aux langues ? Comment trouver leur côté universel ?

Il est certain que la possession d'une chose en donne des idées plus justes que le désir : d'où il résulte que le soldat et le voleur sont plus courageux que le propriétaire. L'homme a plus d'ardeur pour acquérir que pour conserver.

Ce qui maintient le peu d'honnêteté et de morale publique qui brille encore en ce monde, c'est qu'un coquin ne veut pas passer pour tel, et qu'il appelle ainsi un autre coquin comme lui. Tout serait perdu, s'il osait dire tout haut, je suis un coquin. Cette pudeur n'est point hypocrisie.

Un dictionnaire qui ne définirait que les termes dont la valeur ne tombe pas sous les sens, et qui ne sont que des conceptions de notre esprit, serait très nécessaire : il servirait de mesure fixe pour le commerce, pour les traités et pour les sciences. Cicéron ayant à parler aux Romains de tous les systèmes de philosophie des Grecs, se plaint de la nécessité où il est, non seulement d'avoir à parler de choses nouvelles, mais encore en termes nouveaux.

C'est de la familiarité que naissent les plus tendres amitiés et les plus fortes haines.

La noblesse en France avait autant de peine à se retirer du service qu'à y entrer ; tantôt faute d'emploi, tantôt faute de fortune.

L'amour est libéral en effets, et la crainte en promesses ; mais quand on ne se contente pas des promesses, la crainte donne encore plus que l'amour.

On n'est jamais plus écrasé ou mieux consolé, plus humilié ou plus relevé que par l'opinion publique ; mais il ne faut pas la confondre avec les opinions universelles, communes à tous les hommes, ou à leur grande majorité.

Il y a une foule de règles dans toutes les langues, qui ne sont pas fondées sur la métaphysique du langage ; ce sont les idiotismes : gallicismes chez nous, germanismes en Allemagne.

La même raison qui fait que les sots s'opiniâtrent à une idée, leur fait prodiguer jusqu'au dégoût la même plaisanterie. Louis XV, qui n'était pas sans esprit, avait la sotte habitude de raconter du matin au soir la même anecdote, et cela ne l'ennuyait pas.

Par la révolution philosophique arrivée dans les idées, Bossuet et les pères de l'Eglise étant également baissés, la phrase de la Bruyère n'en a pas moins gardé toute sa valeur, et Bossuet est vraiment un père de l'Eglise.

Un étranger de bonne foi disait, pour excuser sa haine contre les Français : Que voulez-vous ? nous étions humiliés par les maîtres , et nous sommes battus par les valets.

La conduite de M. Pitt a été fort claire dans la révolution. Hauteur dans sa conduite, comme si la puissance anglaise eût pris le rôle noble et désintéressé, elle, qui n'a parlé que d'indemnités, et qui se porte pour l'heureuse héritière des puissances qui périssent autour d'elle : témoins Toulon, Lyon, la Vendée, la Corse, et les efforts sur Brest (1). On ne parle que d'équilibre en Europe, et on ne pense pas à celui des mers.

Le plus bel artifice de l'esprit humain, qui consiste à créer des termes collectifs, a été la cause de presque toutes ses erreurs.

Les pensées et les expressions d'un écrivain ne commandent pas le souvenir, quand elles n'ont pas commandé l'attention.

Voyez cet impie, ô Jupiter ! qui se moque de

(1) Et puis le Cap de Bonne-Espérance, les îles Ioniennes, Malte.

(*Note de l'Editeur.*)

votre foudre.... Jupiter ; il est peut-être physicien.

On sait que de dessus notre terre, les mouvemens des autres planètes paraissent irréguliers et
confus, et qu'il faut se supposer dans le soleil
pour bien juger l'ordonnance de tout le système :
ainsi, un simple particulier juge bien plus mal du
corps politique où il vit, que celui qui est placé
dans le gouvernement.

Les lois de la nature sont admirables ; mais elles
écrasent beaucoup d'insectes dans leurs rouages,
comme les gouvernemens beaucoup d'hommes.

Si nous étions insensibles, le mal physique
n'existerait pas pour nous, mais le plaisir non
plus. La douleur est la sentinelle de tout être
sensible.

Les comparaisons étant ou devant être toujours
plus claires, ou du moins, aussi claires que le sujet, elles font jouer un rôle agréable au lecteur,
en exerçant son imagination, et le constituant juge
à chaque instant d'un incident facile à saisir.

L'évidence est l'effet immédiat et prompt de

cette intuition de l'esprit qui embrasse un objet intérieur dans tous ses rapports, comme le sentiment de la vision quand l'œil embrasse un objet extérieur.

Nous sommes trop heureux que les animaux déjà séparés par la forme n'aient pas la parole ; car s'ils communiquaient d'idées et de sentimens avec nous, s'ils parlaient, l'humanité nous empêcherait de les manger. On ne peut même se résoudre à tuer les animaux qui entrent en communication plus intime avec nous, comme le chien. Si vous tuez la poule d'un paysan, un écu le satisfait ; mais si vous tuez son chien, il n'y a pas de compensation ; un écu serait un outrage de plus.

On a distingué les vertus en deux classes ; celles qui ne sont utiles qu'à nous, comme la tempérance, la prudence, la vigilance ; et celles qui sont utiles aux autres, comme la justice, la bienfaisance, le dévouement. Ce qui n'est utile qu'à nous n'est pas une vertu ; en ce sens, qu'un homme solitaire ne peut être vertueux ni vicieux. Mais dans la société, un homme prudent, tempérant, vigilant, en est plus propre à être bon père de famille, bon soldat, bon magistrat, et c'est en ce sens que ces qualités personnelles deviennent des vertus.

Les chimistes qui ont trouvé le secret d'envoyer tant les livres à la lessive, ont rendu un grand service, car l'esprit a ses ordures tout comme le corps.

Enfermé dans ma paresse, je voyais croître autour de moi ma réputation de méchant, sans que j'eusse d'autres torts que quelques malices et quelques gaîtés ; et je voyais autour de moi des hommes véritablement méchans qui ne passaient pas même pour malins.

Je lis toujours avec fruit Hippocrate, Boerrhave et Bordeu : comme ils ont affaire à la matière vivante, ils sont par le spectacle des causes finales, toujours plus près de la difficulté.

L'inconvénient au sujet de Mirabeau et de toutes ces idoles du peuple, c'est que, quoiqu'il eût été facile de le confondre lui-même en face et de le réduire à sa juste valeur, il faut, puisqu'il est mort, capituler avec l'amour-propre compromis de ses admirateurs, et c'est ainsi qu'il reste toujours beaucoup trop à des gens qui valaient si peu.

L'esprit est le même partout, le talent a des suc-

cès variés comme le goût. Les Arabes s'engouèrent
d'Aristote et n'aimèrent pas les poètes grecs. La
différence d'un homme qui écrit avec son talent,
avec celui qui n'a que de l'esprit, c'est que celui-ci
est plus court, et que l'autre peut ne pas finir. Un
bon chanteur chante tous les jours, un homme d'esprit n'a pas toujours de l'esprit.

Le plus grand malheur qui puisse arriver aux
particuliers comme aux peuples, c'est de trop se
souvenir de ce qu'ils ont été, et de ce qu'ils ne peuvent plus être. Rome moderne se donna des tribuns
et des consuls. Le temps est comme un fleuve, il ne
remonte pas vers sa source.

C'est une idée populaire et fausse que le bonheur
soit attaché aux hautes conditions, et les philosophes qui ont consigné cette apparence de vérité
dans leurs livres, qui l'ont si souvent applaudie sur
le théâtre, devraient rougir d'avoir soulevé le peuple à l'aide de cette envie naturelle aux hommes qui
leur fait haïr ceux qu'ils supposent heureux.

Comme il faut avoir une âme très-forte et très-éle-
vée pour être heureux et vertueux sans fortune et
sans éclat, je ne parlerai pas de cette petite classe
de vrais philosophes qui rendent la pauvreté et l'obs-

curité aussi respectables aux yeux des autres que supportables pour eux-mêmes. Un homme de la cour et un homme du peuple sont tous deux malheureux quand ils manquent d'argent, quand ils ne peuvent soutenir, l'un son rang, l'autre son existence, et l'on doit croire que le premier est encore plus à plaindre.

Dans la guerre entre les gens d'esprit et les sots, ce sont toujours les sots qui ont commencé : l'homme de goût est blessé avant de piquer.

Il faut mettre de la diversité dans les goûts, dans les exercices et dans les mets ; c'est un principe de santé et de plaisir ; mais c'est un peu cher. L'homme de cabinet et le manouvrier sont également malheureux, si l'un ne peut se donner des distractions, et l'autre du repos.

Les Juifs disaient à Dieu : Seigneur, faites tout pour les vivans, car vous n'avez rien à attendre des morts : *Non mortui laudabunt te, Domine.*

La vie étant un tout, c'est-à-dire, ayant un commencement, un milieu et une fin, il n'importe pas qu'elle soit longue ou courte ; il importe seulement qu'elle ait ses proportions. On ne peut donc se plaindre que d'une mort prématurée, qui arrive avant la fin de la vie. Une telle mort n'est pas en effet la fin, mais l'interruption de la vie.

Il fallait nécessairemet que la nature donnât la durée à l'individu ou à l'espèce. Elle a suivi le premier plan pour les globes et les soleils, et le second pour les animaux et pour les plantes. Or, dans ce cas-ci, il fallait bien que les formes individuelles fussent passagères pour que l'immortalité restât à l'espèce.

On passe aisément pour méchant quand on est homme de lettres. Il faut des noirceurs aux gens du monde pour se décrier; une gaîté, une ironie suffisent à un écrivain. L'esprit malin et le cœur bon, c'est la meilleure espèce d'hommes.

Montaigne peint tous les esprits, Plutarque tous les caractères, et Robinson, ouvrage qu'on n'a pas assez loué, peint l'homme sorti de la société et aux prises avec la nature et la nécessité.

Horace a çu une idée profonde dans son ode sur la fortune : « L'inflexible nécessité qui la devance,

« tient dans sa main de fer et porte devant elle et
« les énormes clous, et l'ancre recourbée et le plomb
« fondu »…. c'est-à-dire, les emblêmes de la fixité
que la fortune dérange toujours. Cette mobile divinité n'habitait jamais les cieux.

C'est dans la description de la mort de Didon
qu'une grande actrice doit chercher les attitudes,
les combats, les convulsions de l'agonie, et ses ter-
reurs, et son horreur, et ses derniers soupirs.

Le talent dans sa force aime à émouvoir les
hommes, et dans sa vieillesse à les peindre.

La victoire n'est rien sans ses conséquences. Il
est plus facile de vaincre les hommes que de les
contenter, ce qui met un bon ouvrage au-dessus
d'une victoire. Je suppose une victoire sans conséquence, et non une de celles qui changent la face
des empires; ces victoires sans fruit laissent peu de
traces, et se cachent avec le nom du général dans
des tablettes chronologiques, soit général de cour,
soit général de faction.

On a reproché à Molière et à Racine, les deux
plus grands talents, et les deux talents du plus

grand goût qui aient brillé sous le règne de Louis XIV, à l'un des faiblesses pour le peuple, à l'autre ses faiblesses pour la cour : mais le défaut de Molière était plus raisonnable que celui de Racine, puisqu'il faisait des comédies, ce que Boileau n'a pas soupçonné.

Les oublis et les refus de la politesse sont des injures, par la raison que ses protestations ne sont pas des services.

Les passions ne cèdent qu'à la crainte; ce sentiment vainqueur de tous les autres, cette sentinelle conservatrice de tout ce qui respire. La raison n'est qu'une conjecture avant l'événement, ou un retour douloureux sur nous-mêmes après l'événement. On sait l'histoire de Cassandre au siége de Troie. La raison est assise sur le rivage; ses conseils sont perdus pour ceux qui sont en pleine mer; elle ne recueille que les naufragés. La crainte est surtout nécessaire pour gouverner tel peuple connu, parce qu'il est léger, vaniteux et insolent : il ne lui faut pas un gouvernement faible. Quand la crainte le frappe, il est soumis jusqu'à la bassesse.

Ce monde est un grand banquet où la nature convie tous les êtres vivans, à condition que les convives se mangeront les uns les autres : *De morte vita datur*.

Une académie ne pourrait pas faire une fable, à plus forte raison un drame, parce que c'est un corps artificiel. Son *moi* est fictif; on ne le personnifie que par supposition, et par forme d'emprunt : il n'a point de mœurs. La vraisemblance y est trop choquée, et le goût y répugne.

C'est en vain que nous disions dès 1789 : ne laissez pas envenimer cette révolution; les coupables se multiplieront; ceux de 89 seront les innocens de 90, et ainsi de suite, jusqu'aux monstres de 92 et 15. Leur nombre et leurs crimes effraieront le monde; la justice sera réduite au désespoir, et ils laisseront une race et des principes funestes au genre humain.

Les gens d'esprit envient les savans, les savans envient les gens d'esprit; les pauvres envient les riches, ceux-ci envient les grands; la laideur envie la beauté. Cette passion est sortie de l'enfer; elle rend l'espèce humaine odieuse. Mon frère avait assez bien peint l'envie dans des vers imprimés en 1799.

> Là gît un monstre affreux, des humains abhorré,
> Nourrissant les serpens dont il est dévoré.

Un sourcil hérissé cache son front livide ;
Il roule en clignotant son œil louche et perfide ;
De ses ongles sanglans il se creuse le sein ,
Et sa bouche distille un horrible venin.
La lumière du jour le blesse et l'importune ;
Il sourit au malheur et maudit la fortune.

Les gens d'esprit aiment les choses d'esprit,
comme les gourmands aiment les friandises , et les
coquettes la louange.

L'admiration pour Mirabeau est un symptôme de
médiocrité ou de perversité.

Il y a des gens qui n'ont de leur fortune que la
crainte de la perdre.

Le travail féconde tout , et l'adresse féconde le
travail. Cette adresse est le fruit de la division du
travail. La paresseuse Espagne a chez elle déshonoré le travail. Il est l'âme des gouvernemens.

Comme Rousseau écrivait pour renverser la monarchie , on dirait qu'il préparait des ressources à
la noblesse émigrée , en faisant de son gentilhomme
un menuisier.

5

Non seulement il y a beaucoup d'esprits bornés, mais même leurs bornes sont mal posées.

L'ambition et la volupté ont souvent le même langage. César avouait au faîte des grandeurs humaines que *les prières lui chatouillaient l'oreille*. J'ai connu une femme qui disait à son amant, *Ah! sollicitez-moi bien*. Les princes parvenus jouissent mieux de l'empire que les princes héréditaires.

J'ai vu un homme qui ne croyait pas en Dieu, et qui était une véritable providence pour tout ce qui l'environnait. Je n'ai trouvé que celui-là.

On dirait qu'il y a dans les dicotinnaires certains mots usés qui attendent qu'il paraisse un grand écrivain pour reprendre toute leur énergie.

Il faut faire, pour valoir quelque chose en ce monde, ce qu'on peut, ce qu'on doit, et ce qui convient.

Il y a des auteurs qui prétendent que nous devons tout aux anciens, et qu'ils ont tout inventé : que ne donnent-ils un fusil à Apollon.

Deux hommes également ignorans, n'auraient aucun moyen de se prouver leur ignorance. Il faut pour que deux hommes se connaissent, que l'un deux soit instruit; et alors celui-ci prouve à l'autre qu'il est ignorant sans le savoir; et que lui-même sait bien qu'il est ignorant : de sorte que l'un a une ignorance qui s'ignore, et l'autre une ignorance qui se connaît : voilà toute la différence.

Le commerce rapproche les espaces, et le crédit rapproche les temps.

Il s'en faut bien qu'on emploie à dominer sur soi, les mêmes soins et la même constance qu'on emploie à dominer sur les autres.

Il est bien triste d'en être à désirer *le nécessaire* comme une chose sans laquelle on est malheureux, et avec laquelle on n'est point heureux.

Les hommes ont rangé sur la même ligne ceux dont ils se font une grande idée, ceux qui leur donnent de grandes idées, et ceux qui ont fait de grandes choses ou opéré de grands événemens.

La dévote croit aux dévots, l'indévote aux phi-

losophes; mais toutes deux sont également cré-
dules.

La nature ayant à créer un être qui convînt à
l'homme par ses proportions physiques, et à l'enfant par son moral, résolut le problème, en faisant
de la femme un grand enfant.

L'amour est un larcin que l'état de nature fait
à l'état social.

Les prêtres, curés de village, prédicateurs, mis-
sionnaires, ont fait connaître Voltaire et les philosophes au petit peuple, et même aux paysans dans
les campagnes. Ils ont par-là fort accru leur réputation. M. de Beaumont, archevêque de Paris, n'aurait jamais dû combattre Rousseau par un mande-
ment. Mais les gens d'église voulaient être applaudis
des philosophes qui étaient alors les distributeurs
des réputations; ils voulaient du moins leur dispu-
ter les applaudissemens du public.

On a de la fortune sans bonheur, comme on a des
femmes sans amour.

La modestie ne convient guère à l'obscurité. Un

jeune homme inconnu et sans fortune peut se perdre avec des vertus qui ne conviennent qu'à des
gens éclatans.

On attendra longtemps une bonne histoire de la
révolution : mais dans le temps où nous sommes
on est plus près d'une action que d'une idée, d'un
regret que d'un remords, et d'un rôle quelconque
que d'un talent. Les acteurs de la révolution ressemblent aux vents et aux vagues d'une mer irri-
tée, ils font la tempête et l'ignorent. On ne peut
pas encore donner aux Français une confession sa-
lutaire de leurs excès : il faut observer que partout
ailleurs la révolution et son principe n'eussent été
qu'une hérésie, mais faite en France elle devient la
religion dominante de l'Europe.

La philosophie avait tant promis qu'on a droit
d'examiner sévèrement les fruits qu'elle a portés.
Dans ce grand procès contre elle, tout honnête
homme est forcément juge et partie : car, et ceci est
important, il faut bien se souvenir qu'entre le
genre humain et ses adversaires, impartialité n'est
pas justice.

Les philosophes n'ont négligé aucune des routes
de l'erreur : expliquant tantôt des apparences par

des réalités, et tantôt des réalités par des apparences. Cicéron avait remarqué qu'il n'y avait rien de si absurde qui n'eût été dit par quelque philosophe.

Les partisans de la constitution veulent tout rejeter sur les aristocrates et les jacobins; mais il n'y avait que le roi qui pouvait redouter le zèle des uns et l'atrocité des autres, parce qu'il avait toujours pour ennemis les constitutionnels. J'avais dit, *tout constituant est gros d'un jacobin*, et ceux-ci ont été instrumens avant d'être bourreaux.

Si Louis XVI était mort les armes à la main au 10 août, son sang eût bien autrement fécondé les lys. L'échafaud et le silence du peuple seront toujours flétrissans pour la nation, pour le trône, pour l'imagination même.

Bonaparte fit réellement au 13 vendémiaire ce que Louis XVI fut accusé faussement d'avoir fait au 10 août. Il succéda à Robespierre et à Barras, et cela n'était pas difficile; une poignée de soldats suffisait. D'ailleurs Paris était bien changé, il n'y avait plus de public : ce n'était qu'un vaste repaire avec une police.

Les Français las de se gouverner se massacrèrent ; las de se massacrer au dedans, ils subirent le joug de Bonaparte qui les fait massacrer au dehors.

Les Français avaient autrefois enrichi l'église comme des benêts ; ils l'ont dépouillée comme des brigands. On aurait pu faire absoudre un si grand vol si les hôpitaux et les colléges en avaient profité.

Un grand peuple remué ne peut faire que des exécutions.

La première assemblée ôta le royaume au roi ; la seconde ôta le roi au royaume, la troisième tua l'un et l'autre. L'assemblée constituante asservit le roi, Paris et l'armée. Paris asservit l'assemblée ; les jacobins décimèrent Paris, l'armée et l'assemblée.

Français, vous n'avez travaillé jusqu'ici, à travers mille fautes et mille crimes, que pour quelques grossiers centurions et un général parvenu. Si on vous eût montré dans un tableau prophétique, Robespierre, votre humanité eût frémi, et l'état actuel, votre amour propre eût rougi.

Il sera plaisant de voir un jour les philosophes et les apostats suivre Bonaparte à la messe en grinçant des dents; et les républicains se courber devant lui. Ils avaient pourtant juré de tuer le premier qui ravirait le pouvoir.

Français, qu'aurez-vous sauvé de la révolution? est-ce la milice, l'impôt, la liberté de la presse? vous n'avez travaillé que pour le despotisme.

Les hommes coupables et sots, la révolution en est une preuve, sont punis par la fortune avant de l'être par la justice. Les coupables habiles se tirent d'affaire.

Nous sommes le premier de tous les Français qui écrivîmes contre la révolution avant la prise de la Bastille; Burke le reconnut lui-même dans son excellente lettre à mon frère qui a été publiée, et nous nous en faisons gloire. Nous l'osâmes, et ce ne fut pas sans danger, et avec espoir de récompense, car nous la trouvions dans notre conscience et notre raison, à cette époque, où chacun ne voyait dans la révolution que le grand bienfait de la philosophie, la réunion de tous les vœux, le concert de tous les efforts, et le fruit de toutes les lumières. L'assemblée forte de la faiblesse du roi, et fière de l'insurrection de Paris, ivre de ses succès, et de l'encens qui fumait pour elle dans les provinces et chez l'étranger, abusait de tout avec fracas, et dans cet état d'éblouissement ne prévoyait ni les conséquences de ses principes, ni les successeurs qu'elle se préparait.

Nous écrivîmes et nous parlâmes inutilement en faveur de la religion, de la morale, de la politique, et au nom de l'humanité et de l'expérience de tous les siècles. Notre voix se perdit dans la destruction universelle, nous nous tûmes.

Notre journal politique ne contient en effet que l'histoire des six premiers mois de la révolution. Tous les grands coups étaient portés. La raison d'abord inutile était déjà criminelle. Le roi était prisonnier dans Paris, la noblesse et le clergé détruits et fugitifs, les lois, faisant place aux décrets et le numéraire aux assignats, les jacobins assemblés, quelle ressource restait-il aux cœurs honnêtes et aux bons esprits, quand tout était espoir et perspective pour les fous et les brigands? Il fallut donc quitter la France à l'époque où les jacobins préféraient encore notre fuite à notre mort, et aller montrer nos misères à des peuples et à des rois qui n'en étaient pas fâchés.

L'assemblée constituante tua la royauté et par conséquent le roi; la convention ne tua que l'homme. La première fut *régnicide*, et l'autre *parricide*. La victime était parée; les jacobins n'eurent qu'à appliquer la hache. Comme roi, Louis XVI mérita ses malheurs parce qu'il ne sut pas faire son métier,; comme homme, il ne les méritait pas. Ses vertus le rendirent étranger à son peuple.

Une armée dont on se sert pour asservir, est déjà asservie elle-même, et le marteau reçoit autant de coups que l'enclume.

Un usurpateur pour se faire valoir ne devrait pas sanctionner les crimes. Que deviendront les régicides et les meurtriers du peuple? Seront-ils pardonnés et même récompensés?

La passion pour la liberté est funeste à l'état social quoiqu'elle paraisse noble; c'est par elle que des esprits justes d'ailleurs deviennent faux en politique.

Après dix ans de sophismes, d'erreurs, de malheurs et de crimes, les Français rassemblent les débris de leur naufrage, se rapprochant de leur ancien état, en frayant le chemin à la monarchie. La religion et la royauté frappent à tous les cœurs. Bonaparte le sent bien.

Il y a des hommes qui voudraient revenir de leurs vices, mais ils ne font pas parler leur repentir assez haut pour raccommoder leur conscience avec leur raison. Rien n'est plus difficile à l'homme que de se corriger.

Il y a des hommes si faciles à préoccuper, si indifférens sur leur jugement, et si entêtés d'ailleurs, qu'ils finissent par mettre leur probité à douter de celle des autres.

L'esprit épigrammatique est, j'ose le dire, un esprit d'ordre et de symétrie. La raison est souvent entre le rire et la colère.

Généralement la guerre est un mal et la paix un bien; mais la politique offre des circonstances contraires à cette maxime. Elle est la science qui fait entrer le plus de passions dans ses résultats, comme l'ambition, l'envie, la cruauté, l'avarice; mais l'ambition et l'envie, vices en morale, sont des ressorts en politique La guerre est le suicide des peuples.

Les philosophes qui ont si libéralement donné la co-éternité à la matière, n'ont pas réfléchi à la vie et au sentiment non moins extraordinaires que la création. Nous voyons partout des causes finales, et nous ne voyons pas la plus importante, celle de l'univers.

Les passions et leurs tumultes, l'imagination et ses rêves, l'esprit et ses hérésies, les tyrannies royales et populaires, tout cela disparaît pour renaître, malgré les vérités fondamentales de la religion et de la morale qui sont inséparables.

Etrange bizarrerie de l'esprit humain, on peut convaincre un homme de ses erreurs, et ne pas le convertir.

La différence des cultes et des langues, en s'opposant à l'épidémie des opinions, assure la paix du monde et l'oubli de toutes choses. Oui, tout est destiné à l'oubli, à ce tyran muet et cruel qui suit la gloire de près, et dévore à ses yeux ses amans et ses favoris. Que dis-je? la gloire elle-même n'étant que du bruit, c'est-à-dire, de l'air agité, elle flotte comme l'atmosphère autour du globe, et son cours change et souffle sans cesse, promenant les noms et les renommées et finissant par les disperser.

Si tant de principes, de conséquences, si tant
de vérités tirées de l'ordre naturel, social et poli-
litique qui frappent une foule de bons esprits, si
tant de théorismes fondés sur la nature des choses,
sur la nécessité, sur l'exemple des malheurs et des
fautes des rois et des peuples, si enfin les clartés
de la métaphysique, les conseils de la morale et les
leçons de l'expérience ne frappent pas l'Europe, il
faudra bien convenir que la souveraineté du peuple est une superstition dont les esprits mal faits
sont les apôtres.

Dans les temps calmes les réputations dépendent
des hautes classes, mais dans les révolutions elles
dépendent des basses, et c'est le temps des fausses
réputations.

Au spectacle qu'a offert la France, pouvait-on
être impartial entre honnête homme et brigand,
entre vice et vertu, entre victime et bourreau? jamais l'envie n'a reçu de plus grandes consolations,
le malheur de plus grands exemples, et la misère
plus de secours.

Deux énormes calomnies circulent aujourd'hui
en France : que l'on ne peut revenir à la royauté
qu'en passant par le gibet, et que le roi n'y ren-

trerait que pour achever l'œuvre des jacobins : que les émigrés ont armé les rois de l'Europe, et que les rois ne s'arment que pour eux.

La joie des rois en voyant les malheurs de l'auguste race des Bourbons, et celle de leurs courtisans en voyant la misère des émigrés, a été ineffable. Frédéric disait, *nous autres rois du nord, nous ne sommes que des gentilshommes ; les rois de France sont de grands seigneurs*. Il y en avait bien assez là pour que l'envie attirât la haine, et celle-ci des crimes peut-être.

La nation française a été envieuse avec les heureux, impitoyable avec les malheureux : elle a choisi ses victimes parmi ses bienfaiteurs, et des maîtres parmi ses bourreaux.

Français ! ne me reprochez pas de vous retracer de cruels souvenirs : je cherche à parler à votre cœur, n'ayant pu réussir à me faire entendre à votre esprit. Puissé-je prédire votre sagesse et votre bonheur, comme j'ai prédit vos folies et vos infortunes.

L'œil des envieux bourgeois en France était blessé de l'éclat des rangs. Leur oreille fut ravie des harangues des avocats, des mots *liberté*, *égalité*, mais elle doit être aussi fatiguée du verbiage de ses ora-

teurs, et du néant de ces mots, que leurs yeux l'é-
taient de l'éclat des rangs, et le règne des avocats
devrait être fini. On dit que Bonaparte ne les aime
pas : mais les démocrates croiront n'avoir pas tout
perdu, pourvu que leur roi soit un bourgeois.

Spectacle cruel et imposant entre deux puissances qui se haïssent, et qui veulent se détruire. Dans
cette lutte, la France dépensera, s'il le faut, jusqu'au dernier homme, et l'Angleterre jusqu'au dernier écu.

Les puissances en 1789 étaient comme les colons
qui jasaient à Paris sur la révolution sans la pré-
voir à Saint-Domingue.

Si la raison parle avant l'événement, elle est
traitée de prophète de malheur; après, elle est
traitée de médecine.

Il arriva dans le gros de la nation ce qui arrivait
en même temps dans l'armée. Les officiers, tout
nobles qu'ils étaient, voulaient plus ou moins un
changement. Leurs soldats n'étaient alors qu'automates, et quand ceux-ci devinrent démocrates, les
officiers se firent aristocrates, comme s'ils n'avaient

favorisé la révolution que pour s'en faire écraser.
Ainsi, en général, le clergé, la noblesse, les parlemens, ainsi que tous les gens connus voulaient une
révolution, quand le gros de la nation était tranquille; et quand celle-ci cédant à leur impulsion
s'est révoltée, ils ont pris la fuite ou passé à l'échafaud. Je n'approuvais pas l'émigration, et je ne sor-
tis de France qu'à la fin de 1791; le roi le voulut
ainsi; ma plume pouvait être utile à ses frères. Je
m'attends à la méconnaissance des services rendus.

Il y a eu combat entre la population et le territoire. La France crie de toutes ses proportions à la
monarchie : elle est là avec ses formes inaltérables.

Les philosophes disaient, tout fructifiera pour les
nouvelles générations en sacrifiant celle-ci; et en
attendant on détruisait les établissemens, les monumens, les maisons, les familles, tout ce qui va
à la postérité. Ils ne voulaient, disaient-ils, que la
considération personnelle, tandis que leurs satellites ne convoitaient que les dépouilles disponibles,
l'or, l'argent, les diamans. Quel est donc le plus
coupable ou de celui qui n'a pas horreur du vol ou
de celui qui vole?

Ce qu'il y a de plus affreux, et ces grands désastres fournissent de tristes décorations à l'histoire, c'est que si les événemens révolutionnaires se renouvellaient encore, les opprimés ne chercheraient pas des leçons de salut dans nos écrits, et les malfaiteurs chercheraient des modèles dans les manœuvres des jacobins. J'ai vu en 1789 des membres de l'assemblée constituante chercher et lire avec empressement, Clarendon, que ces misérables n'avaient jamais lu, pour y voir comment se conduisit le long parlement avec Charles Ier.

Au reste, je suis convaincu, car l'amour de soi et les passions vivent toujours, qu'il n'y a de leçons ni pour les peuples, ni pour les rois, et que si Louis XVI a des successeurs de sa race, ses fautes et ses malheurs ne seront pas même des avertissemens pour eux.

L'esprit public en France se compose encore de l'asservissement où le tiennent ses oppresseurs, et de l'orgueil que lui donnent les conquêtes et la victoire. La conscience publique est indécise. Sous la convention et le directoire, on disait, point de rois, mais des tyrans, point de nobles, mais des brigands, point de religion, mais point de mœurs. On aura un nouveau maître, de nouveaux nobles et la religion telle quelle.

6

Quand on vit dans un temps où l'on renvoie la religion au petit peuple, où l'on peut être un vil espion, où l'on peut avoir été criminel et obtenir des emplois publics, où l'on peut se perdre pour une bonne action, où il faut prendre des précautions pour être honnête et juste, où les honneurs sont sans honneur, et où l'innocence est la proie du vice, il faut se bien cacher et ne vivre qu'avec sa conscience : elle est la voix de Dieu, et la raison intime de l'homme.

Louis XIV enorgueillissait la nation et irritait les rois; Bonaparte mystifie l'une et humilie les autres. Il serait plaisant qu'il créât un jour des cordons et qu'il en décorât les rois; qu'il fît des princes, et qu'il s'alliât avec quelque ancienne dynastie. On peut s'attendre à tout d'un grand ambitieux, et les rois de l'Europe sont tels qu'il peut tout attendre d'eux. La légitimité est en péril, et ceci prépare de grandes et nouvelles calamités.

Bonaparte règne pour avoir tiré sur le peuple, et pour avoir réellement fait le crime, dont Louis XVI fut faussement accusé. La France roulait de précipices en précipices vers un abîme; elle s'est accrochée aux bayonettes d'un soldat.

Le luxe et la richesse finiront par tuer l'ambition.

Les parvenus enrichis ne désirent pas de régner quand ils s'amusent comme des rois. Bonaparte les laissera faire, et ils laisseront faire Bonaparte.

Dans la mythologie le ciel fut sacrifié à la terre, mais dans le christianisme la terre devait être sacrifiée au ciel ; et elle l'eût été si l'église et sa vaste milice, en prêchant le renoncement aux biens de ce monde, eût aussi prêché d'exemple. Et en effet, pourquoi tant de richesses, puisque la terre n'est qu'une figure, cette vie une ombre, et la vie à venir une réalité ?

De nos jours, si le pouvoir absolu d'un seul s'établit en France, la philosophie opposerait moins de digues à la tyrannie que la religion.

Nous vivons encore à une époque, où l'on est indigné contre le malheur, irrité contre l'innocence, et où on ne s'exalte que pour le pouvoir. Il y a en France un double agiotage de pouvoirs et de biens volés ; impolitique et immoralité. Bonaparte veut la redresser et lui rendre la vie, mais il ne peut qu'exhumer, le roi seul peut ressusciter.

La révolution n'était due ni à une cause mépri-

sable, ni à l'excès de la tyrannie : elle est due à
la bonté et à la faiblesse de Louis XVI. Quant à
l'élan de la liberté, cette cause est toujours là entre les mains des factieux; et on recommencerait
encore la révolution, si le consul n'opprimait tout.
La philosophie trouva tout préparé, et inspira les
révolutionnaires, et son souffle qui agissait avec
lenteur depuis long-temps se changea en tempête:
des idées hardies renfermées dans les livres et dans
quelques têtes, saisirent toutes les têtes. Un petit
nombre d'hommes aveugles voulurent résister...
Oui, ils voulurent arrêter cette œuvre du crime et
de la violence... Je suis un de ces aveugles. Tous
les propriétaires étaient aveugles; il n'y eut d'éclairés que les brigands et leurs chefs qui s'intitulaient
défenseurs du peuple, et qui servirent la philosophie avec des lanternes et des poignards. Le crime
enfin se régularisa, et nous eûmes *des tribunaux révolutionnaires* et *des juges, des avocats* et la guillotine.

Si on entend par être libre exister sans lois,
rien n'est libre dans la nature, ainsi que dans l'ordre social. L'univers a ses lois, tout animal suit
les lois de la nature, et celles de sa propre nature.
Dieu lui-même, dans l'idée que nous nous formons
de lui, a une nature que nous appelons *nature di-
vine*, car nous ne concevons que des choses fixes,
c'est-à-dire, ayant une manière d'être, et lorsqu'un
être subit des changemens, comme les plantes e

les animaux, ces changemens entrent dans leur nature.

Mais si on entend par être libre avoir une volonté, faire un choix, commencer le mouvement,
exercer des pouvoirs, nous sommes libres, animal
et plante, à des degrés différens. Nous comman-
dons et nous obéissons tour-à-tour, tant dans l'ordre naturel que dans l'ordre social. La liberté est
définie *pouvoir* dans les lois romaines; définition
dont on a fait honneur à Loke, mal à propos. Toute
la difficulté est donc dans le mot *libre* qui n'a pas de
définition; il fallait dire, *volontaire*. Tout être qui suit
sa volonté se croit libre, se sent libre : s'il agit
contre sa volonté, il souffre, il est gêné, il se croit
esclave. S'il n'a point de volonté, il reste sans action. Ce monde est comme certaines armées, composé de *volontaires*, et tout volontaire se croit libre.
Bonaparte dit qu'il veut rétablir la liberté, et les
Français ont l'air de le croire, tant la révolution les
fatigue. Il est plaisant que nous soyons proscrits
pour avoir écrit il y a long-temps ce qu'il fait aujourd'hui.

C'est une chose à remarquer : les philosophes
Porphyre, Jamblique, Celse, Julien, Hiéroclès, etc.,
défendirent la religion de l'empire politiquement,
parce qu'elle s'était incorporée à l'état, parce que
l'empire avait fleuri sous cette religion; ils s'oppo-
sèrent donc au culte naissant qui menaçait de tout

renverser; mais ce fut en vain; Dieu le voulut ainsi; le torrent entraîna tout : l'empire et la religion de toutes les nations furent abolis, et l'ancien monde se trouva chrétien. Et lorsqu'après dix-huit siècles ce même christianisme devenu politique s'est incorporé à son tour aux nouveaux états qui s'étaient partagé l'empire; quand l'Europe était à la fois calme et florissante sous l'étendard de la croix, les philosophes attaquent cette même religion, et finissent par fermer les églises et faire tuer les prêtres; et la France effrayée et muette reste sans religion et sans principes fixes, en proie aux poignards des brigands et à la guillotine, et prête à recevoir un usurpateur devenu puissant et nécessaire, au grand scandale de cette même philosophie. Son fanatisme sera un jour remplacé par la politique. Les apôtres du Christ eurent des papes pour successeurs, et les apôtres avocats de la philosophie moderne ont eu des séides qui feront place à des généraux, et les poignards céderont à l'épée. Le fanatisme de la philosophie est une honte pour les temps modernes, et fera rougir la postérité.

. La fixité est surtout l'argument invincible en faveur de la maison royale. Bonaparte ne devrait être que le premier général du roi : car si on allègue ses talens militaires, il faudra toujours détrôner son successeur en faveur du meilleur soldat ou du plus heureux.

La nécessité métaphysique est qu'une chose est telle que son contraire est impossible, comme deux et deux font quatre. La nécessité physique est l'existence actuelle des choses ; il est nécessaire que le soleil brille. La nécessité morale est dans les choses qui ne sauraient être autrement ; il est moralement nécessaire qu'une mère aime ses enfans.

La nécessité n'afflige pas l'homme comme la contrainte ; elle s'allie avec la liberté qui ne peut exister avec la contrainte : il est de l'essence de la raison humaine de porter le joug de la nécessité. Les anciens la confondaient avec la fatalité ; elle tenait l'univers et les dieux sous son empire.

Les *dialectes* diffèrent des *patois* en ce qu'ils sont reconnus, et également adoptés par différentes cours et différens écrivains, et qu'ils ne cèdent la prééminence à aucun d'eux : ce qui vient de la multiplicité des capitales. Homère a employé plusieurs dialectes dans ses poèmes ; mais dans les pays soumis à une seule puissance, il ne peut y avoir qu'une langue ; tout le reste est traité de patois.

Les chemins que les Suisses ont construits sont des tranchées ouvertes devant leur liberté. Leurs forteresses sont abattues ; ils ont logé leur ennemi dans leur sein, la richesse. Les Suisses ne sont plus que les esclaves de l'Europe. Maxime éternelle ; la liberté est la grande affaire des états pauvres : cela vient de ce qu'ils ne diffèrent pas beaucoup de leurs commencemens.

Louis XIV avait si bien éclairé toutes les parties de son administration, que s'il est permis de le dire, les illuminations de son règne duraient encore en 1789. Ses ordonnances, les mémoires des intendans et des bureaux en font foi. Nos premiers commis, tous si excellens, vivaient des traditions des siens. Dans la révolution, nos administrations étaient des forêts où tout le monde volait sans crainte et sans pudeur : de là, des fortunes qui dégoûtent des richesses.

Quand le peuple vit que la noblesse était abandonnée par un jeune Montmorency et défendue par un conseiller au parlement, il se mit à dire qu'il n'y avait que ceux qui ne savaient pas encore ce que c'était, qui la défendaient : elle fut bientôt détruite. Nos rois avaient trop affaibli et abattu la noblesse; aussi n'a-t-elle pu les défendre.

Le prince absolu peut être un Néron, mais il est quelquefois Titus ou Marc-Aurèle. Le peuple est souvent Néron, et jamais Marc-Aurèle.

Ce qui rend la politique une science difficile,

c'est qu'un état trop petit ne peut se défendre , et qu'un trop grand état s'il peut protéger, peut opprimer. Plus on s'approche de la liberté , plus on s'éloigne de la sûreté. Les impôts , les subsides , toujours donnés par le peuple, sont le grand et dangereux embarras des gouvernemens.

Si on ne prêtait jamais aux gouvernemens, les capitaux seraient pour le commerce et l'agriculture. Les peuples ne craindraient plus d'usurpateurs, et les rois de révolutions.

Il y avait à l'assemblé constituante beaucoup de députés qui ne demandaient pas mieux que d'être corrompus par de l'or ou par des emplois : ils furent aussi indignés que surpris de voir que M. Necker, d'accord avec le roi, les mettait à la probité pour tout régime. La corruption est un grand moyen politique. Un ministre anglais disait, *j'ai le tarif des consciences du parlement*; et en effet, sans la corruption le gouvernement n'irait pas en Angleterre.

Dans les gouvernemens représentatifs, on aura toujours dans les chambres, comme le disait d'Urfé des Provençaux, *des gens riches de peu de biens, glorieux de peu d'honneurs, et savans de peu de science.*

Un de nos rois eut pour lui Jeanne d'Arc :
Louis XVI eut contre lui une Théroigne. C'est d'un
côté, la vertu et le dévoûment, et de l'autre, le
vice et le crime.

Certain public devrait bien rougir d'avoir pris le
parti de la sottise contre le goût; de n'avoir vu
qu'un côté frivole dans la raison, et un côté malin
dans la justice.

Il y a des temps où le gouvernement perd la confiance du peuple, mais je n'en connais pas où le
gouvernement puisse se fier au peuple.

Nos poètes ont voulu faire de Bonaparte un Auguste, persuadés qu'ils seraient aussitôt eux-mêmes
des Virgiles et des Horaces. Il a moins d'esprit, et
surtout moins d'esprit de suite qu'Auguste. Ses
discours lui ont toujours fait tort; il devrait mettre
parmi ses gardes, *un officier de silence...* La fortune
fait des hommes extraordinaires; le génie seul, et
la conduite politique et morale font les grands
hommes. Bonaparte a laissé concevoir des espérances; mais on ne peut exiger qu'il ait une idée
plus haute que sa place.

Les peuples qui se réjouissaient des désastres de

la France, ne songeaient pas assez qu'elle devait un jour vivre à leurs dépens.

Un jacobin disait : *amenons la prospérité par la désolation*; un autre, *déshonorons l'honneur* : tel autre, *on bat monnaie sur la place de la Révolution*. O France! tu as pu souffrir de pareils monstres.

Un homme insolent se fait beaucoup d'ennemis; celui qui s'est fait beaucoup d'ennemis a grande envie de les détruire; d'où il résulte que cet homme sera cruel dès qu'il sera puissant.

Ce qui prouve que Bonaparte est supérieur à Lannes, Ney, Soult, Moreau, Bernadotte, c'est qu'ils le servent au lieu de s'en défaire.

Bonaparte en s'entourant de la canaille démocratique et des régicides, se couvre du sang du roi : il croit devoir son pouvoir à la révolution; mais c'est aux maux et non aux principes et aux agens de la révolution qu'il le doit; car sans l'armée et la situation où on se trouvait, ces démocrates l'auraient-ils souffert? Syès et ses consorts ont détrôné pour lui le roi et le peuple.

Un pouvoir exorbitant donné tout à coup à un

citoyen dans une république, forme une monarchie ou plus qu'une monarchie. Quand on succède
au peuple, on est despote.

S'il est vrai que les puissances de l'Europe n'en
voulaient qu'à la maison de France, dont elles
étaient si jalouses, elles laisseront en place un roi
parvenu plus fort que ses prédécesseurs.

Les royalistes pensent à Monk, et sont plus partisans de Bonaparte que les démocrates, et en attendant il est adulé comme Necker, Lafayette et
Pétion.

Les philosophes ont fait grand bruit de Charles IX; ils ont montré la fenêtre du Louvre, etc.
Osent-ils en faire autant de Bonaparte pour le 13
vendémiaire? c'était la faute de la majorité de la
nation, car il y avait dix fois plus de catholiques
que de protestans, et Charles IX suivit l'impulsion de la majorité. Il était très jeune, et ses remords l'ont un peu absous de ce grand crime : mais
qui absoudra la nation?

Les gens de bien dans toute l'Europe n'aiment

point Bonaparte ; ils portent dans le cœur le deuil de ses victoires. Ah ! s'il voyait ceux qui s'en réjouissent, il en rougirait. Ses victoires ont fait régner trois ans l'affreux directoire.

Bonaparte place mal ses haines et ses amitiés : les régicides et les révolutionnaires le perdront s'il s'en entoure. Il a plus de pouvoir que de dignité, plus d'apparence que de grandeur, plus d'audace que de génie, et il est plus aisé de le féliciter que de le louer.

Bonaparte doit se dire, c'est pour moi que la première assemblée fut si coupable, que la convention fut si monstrueuse, que Barras fut si bête et Syès si imbécile : me voilà sur un théâtre échafaudé par la fortune ; c'est le seul échafaud qui me convienne.

Les révolutionnaires couvent le crime; ils ne se repentiront jamais. Les victoires du soldat les contiendront; ils le serviront même pour mieux le perdre. Malheur à lui s'il n'est pas toujours vainqueur ! Si le roi rentre un jour en France, malheur à lui et aux siens, s'il était capable de sanctionner des scandales, et de légitimer des immoralités. On aura de lui, sans doute, OUBLI POUR LES OPINIONS, PAR-

DON POUR LES FAUTES, ET JUSTICE POUR LES CRI-
MES (1).

Etait-ce donc pour enrichir quelques grossiers
fripons d'Hambourg ou de Basle, assez avides de
nos dépouilles pour paraître amoureux de vos principes, que vous avez passé par tant de malheurs
et de crimes? Quoi! vous avez égorgé votre roi pour
ramper sous un soldat de la révolution, et un prêtre renégat? .

Rampait-on mieux dans l'antichambre des princes
ou des ministres que vous ne rampez dans celle d'un
Bonaparte, et en remontant, dans celle d'un Barras?
Français républicains, voilà ce que vous êtes.

Cromwel dans l'antichambre duquel vous eussiez
aussi rampé, intitulait *l'Angleterre république :* comme
les tyrans se moquent des révolutionnaires, et
comme ceux-ci sont vils.

L'envie du peuple n'en voulait qu'aux parvenus ;
celle des soldats, non aux officiers nobles, mais
aux officiers de fortune qu'on aurait dû appeler
officiers de mérite ; celle des philosophes n'en voulait qu'aux grands et aux anciennes familles. Ils

(1) La restauration était toute dans ces trois mots.
Note de l'Editeur.

ont inspiré leur envie au peuple qui a renversé la statue d'Henri IV, brûlé les châteaux et les archives sur leur parole.

L'influence de la philosophie moderne est prouvée par le nouvel esprit des ministres, plus amoureux de la *gloire philosophique*, comme Necker, que de leurs fonctions auprès des rois.

Les émigré ayant une pente naturelle pour les rois auraient entretenu partout l'habitude du respect; mais les rois les ayant tous repoussés, ils ont vécu dans des pays où la grossièreté plus ou moins démocratique a émoussé leur royalisme, et on capitule de tous côtés pour rentrer en France. Au reste, tout est tellement changé, qu'on ne parle plus, le maître au valet, le père au fils, comme il y a dix ans. Bonaparte me fit offrir ma radiation, de la faveur et de la fortune; je repoussai son offre avec une indignation assez piquante; il en montra de l'humeur; deviendra-t-elle dangereuse?

Si la révolution s'était faite sous Louis XIV, Cotin eût fait guillotiner Boileau, et Pradon n'eût pas manqué Racine. En émigrant, j'échappai à quelques jacobins de mon almanach des grands hommes.

Nos rois en affaiblissant trop les priviléges des

ordres et des grands, ont préparé le niveau, ou pour mieux dire, le fumier de l'égalité révolutionnaire si favorable aux usurpateurs qui succèdent au peuple.

Les Français ont toujours eu du goût pour les étrangers, preuve de leur jalousie; témoins, les Ornano, les Broglio, Rose, Lowendhal, Saxe, Necker, Besenval, Bonaparte.

Constitutionnels, vous avez créé la banqueroute, et les cris des rentiers sont le moindre de vos chagrins.

L'ouvrage de M. Benjamin Constant, *Sur la Nécessité de se rallier au gouvernement quel qu'il soit*, est le seul ouvrage de cette espèce qui ait mérité quelque attention. L'auteur est sans contredit ūn homme d'esprit, mais il est tombé dans un sophisme; car il s'ensuivrait qu'il faudrait refaire le même raisonnement à chaque mutation. La révolution ne finira que lorsqu'on prononcera *la monarchie*, par deux raisons : d'abord, parce que le mot *république* entretient le divorce entre la population et le territoire, et ensuite, parce que par une conséquence naturelle, la France ne sépare pas les deux mots *république et révolution* : d'où la grande illusion de ceux qui depuis Rœderer jusqu'à Bonaparte, ont crié, la révolution est finie, vive la république !

La nation fut entraînée par les philosophes; elle est écrasée par ses oppresseurs : ainsi égarée et opprimée, telle est son histoire.

N'est-il pas plaisant et bien effronté que Bonaparte qui a révolutionné au nom de la liberté, opprime cette même liberté, et que l'insurrection qui fut vertu contre le roi soit un crime contre le consul. Le Français est souvent bien ridicule.

S'il y avait eu de la morale et de la politique en Europe, il y aurait eu horreur universelle pour les envoyés de la convention ; on n'eût pas même reçu les envoyés du roi constitutionnel Louis XVI ; mais faute de tout cela on en est réduit à respecter les exécuteurs testamentaires de la convention.

Dans le temps du vandalisme, la France devint l'asile de tous les brigands, et tout criminel était sûr d'y être bien accueilli, et récompensé.

Voici en peu de mots l'histoire de cette journée

de Saint-Cloud, de cette conjuration si grande dans ses effets, si puérile dans ses moyens, si méprisable dans ses causes. C'est *un prêtre dégradé*, c'est *un soldat frénétique et déserteur* qui changent la face de la France humiliée, et par l'acte le plus despotique joint à la clémence la plus méprisante, chassent sans leur faire l'honneur de les *condamner*, ces vils praticiens, qui se disent *les représentans de la nation*, et ne sont jugés dignes ni de *vivre* ni de *mourir*.

Mais Bonaparte entre dans la salle, la tête nue et sans armes; indices équivoques d'assurance ou de crainte; mais il n'a pas le temps de parler, on crie, *hors la loi! à bas le dictateur!* cris d'enfans, menaces sans force et sans effet. Un petit Brutus montre à Bonaparte un poignard, d'un bras mal assuré : celui-ci se retire, pâle, effrayé et irrésolu. Que faisait Syèes cependant? attaché aux moindres mouvemens de Bonaparte, il le *suivait* et ne *l'accompagnait pas*, se faisant un bouclier de son ombre, et prêt à protester de violence, si la chance avait mal tourné : aussi dans ce jeu de hasard où il avait mis si peu de fonds, Bonaparte ne lui a laissé de gain que ce qu'il voulait donner aux cartes. Au milieu de ces orages arrive un message de Barras, qui mal informé des circonstances, lâche dans l'infortune autant qu'il avait été insolent dans la prospérité, dépose son autorité entre les mains de cette assemblée qui elle-même n'a plus de pouvoirs, et lui fait du tyran commun un ridicule éloge, qui semblerait une épigramme, s'il n'était pas une bassesse. Cette lecture est interrompue par un bruit de tambours qui se fait entendre dans le château. C'est un peloton de grenadiers qui marche à l'assaut contre *la grande nation*; il entre dans la salle, et un soldat, après avoir déclaré au *peuple souverain* dans la personne de *ses représentans* que le général Bonaparte ne permet plus qu'on délibère, chasse le peuple roi dehors à coups de crosse de fusil. — Voilà l'histoire de cette grande et ridicule journée qui aura sans doute les plus terribles conséquences. Je dois à mon frère tous les détails de cette journée, car il y assista pour en rendre compte à Louis XVIII.

L'objet de tout gouvernement est le maintien de la société, et le but de celle-ci, dès qu'elle s'est formée, n'a été et n'a pu être que la garantie de la sûreté, et de la propriété. Cette définition claire, précise et complette, n'aurait donné lieu à aucune équivoque, si on n'y avait ajouté mal-à-propos, et en pléonasme, ce mot ambigu et contentieux de liberté.

Le despotisme de Titus, de Trajan et de Marc-Aurèle, était aussi grand que celui de Tibère, de Néron et de Domitien. D'un signe de tête ils faisaient mouvoir le monde connu depuis l'Euphrate

jusqu'au Danube : ils étaient despotes, mais n'é-
taient point tyrans. Montesquieu s'est trompé à cet
égard.

Un gouvernement serait parfait, s'il pouvait mettre autant de raison dans la force que de force dans
la raison.

L'imprimerie est, comme nous l'avions dit, l'artillerie de la pensée. Un homme qui parle en public ne peut avoir une armée d'auditeurs; celui qui
écrit peut avoir une armée de lecteurs. La censure
est une institution très politique, et nos philosophes révolutionnaires en ont prouvé la nécessité :
ils ne sont au fond que des malfaiteurs. Le consul
ne manquera pas de l'établir.

Le cœur est la partie infinie de l'homme ; l'esprit
a ses limites ; on n'aime pas Dieu de tout son esprit,
on l'aime de tout son cœur. J'ai remarqué que les
gens qui manquent de cœur, et le nombre en est plus
grand qu'on ne croit, ont tous un amour-propre
excessif, une certaine fausseté dans l'esprit, car le
cœur rectifie tout dans l'homme; qu'ils sont jaloux
et ingrats, et qu'il ne s'agit que de les obliger
pour s'en faire des ennemis.

On me demandait en 1790 comment finirait la

révolution ; je fis cette réponse bien simple : *ou le roi aura une armée, ou l'armée aura un roi.* J'ajoutai, nous aurons quelque soldat heureux, car les révolutions finissent toujours par le sabre; Sylla, César, Cromwel.

Si après la ligue, nous n'avions pas eu un *maître roi,* c'en était fait de la maison de Bourbon. La Fronde pouvait devenir très sérieuse, mais le jeune roi grandissait pour devenir grand, et tout rentra dans l'ordre. Quel Bourbon ne faudrait-il pas après notre affreuse révolution, car la légitimité réunira les rois tôt ou tard, et tuera Bonaparte.

On réfléchira à ceci : il est heureux pour les Bourbons que la maison de Stuart soit éteinte. Jamais l'Angleterre n'eût armé pour eux.

La liberté de la presse a tout commencé et tout achevé dans la révolution; seul fléau dont Moïse oublia de frapper l'Egypte.

Que faire d'un peuple qui a renversé la statue d'Henri IV, et élevé un arc de triomphe à Marat? et les rois vivent tranquilles dans leurs capitales.

Quelques personnes ont de la renommée et n'ont pas de réputation : cette distinction est bonne à faire. L'une tient plus à l'histoire et l'autre à la société.

Le peuple est un instrument au service de toutes les passions. Ce qui prouve combien le *Français peuple* est peu fait pour la liberté, c'est qu'il a toujours frappé ses victimes sans les juger.

M. Necker voulut dominer le roi par l'assemblée, et ne voulut pas employer l'argent nécessaire pour acheter un parti et pratiquer une majorité : ainsi le gouvernement n'étant pas corrupteur, et l'assemblée n'étant pas corrompue, ils eurent l'une et l'autre le dépit d'une vertu forcée ; et l'assemblée ne ressembla pas mal à une femme indignée de la retenue d'un amant trop sage.

Il y avait tel député dans cette assemblée qui craignit en arrivant de n'être député qu'à Bicêtre, et sa crainte était d'un bon esprit : mais revenu de cette première alarme, un grand conspirateur l'acheta, il devint l'orateur factieux et insolent de la révolution. La cour l'acheta trop tard, et il fut puni par ceux qu'on n'achetait pas, ce qu'ils regardèrent comme du mépris.

Cicéron, Hortensius, ne pouvaient arriver au su-
prême pouvoir, les armées étant aux ordres de
César et de Pompée : c'étaient des avocats, les autres étaient des généraux, et c'est toujours un de
ceux-ci qui règne. Eloge de Bonaparte ; il méprise
les philosophes, et déteste les avocats.

Quand tout va bien dans un empire, tout ouvrier est instrument de prospérité ; il est retenu par
l'harmonie générale : quand tout va mal, tout ouvrier est jacobin.

Au lieu *des droits de l'homme*, il fallait faire *les*
principes du corps politique ; c'était la tâche de l'assemblée constituante, qui comme on sait ne cons-
titua que nos malheurs ; mais elle craignit que les
publicistes n'entrassent en discussion avec elle
d'après ce titre : elle aima donc mieux armer toutes
les passions, et surtout la vanité, en prenant pour
texte *les droits de l'homme*, sans songer que ce titre
excluait toute espèce de constitution. Aussi la révolution et le germe de toutes les révolutions, se
trouvent-ils dans la déclaration des droits, et la
constitution qui les suit n'a pu prévaloir contre eux.
Tous les pouvoirs et le roi lui-même ont péri pour
avoir servi la lettre de la constitution contre l'esprit de la révolution. L'assemblée au lieu de dire
hoc est jus a dit *jus esto*, et depuis elle fit autant
d'outrages à sa constitution qu'à la royauté.

Le peuple ne tire sa force que de ses bras ; il ne doit les employer qu'au travail, et non pour frapper et détruire.

Dans le Dictionnaire de l'Académie, on n'y trouve pas ce qu'on ne sait point, mais on n'y trouve pas ce qu'on sait.

On se sert souvent de ces phrases proverbiales qui sont purement d'occasion, et ne peignent que des choses indifférentes. Elles sont sans noblesse, et ne font honneur ni au goût ni à la raison.

Quand le souverain ne fait pas des lois, les propriétaires se font des usages : ce qui est arrivé dans les langues dont le peuple n'a que la propriété. Cicéron disait, partout où les propriétaires, c'est-à-dire l'usage a décidé, les lois le confirment.

L'imagination est la faculté de se retracer les perceptions avec plus ou moins de vivacité. Quand elle domine seule, elle occasionne les songes et même la folie. Elle compose des images et des fictions en empruntant des souvenirs à la mémoire. En réveillant les perceptions elle nous donne des sensations comme les objets mêmes.

Enée est le héros de la piété filiale pour avoir lui-même porté son père sur ses épaules à travers les flammes ; mais il ne le serait pas s'il l'eût fait porter par ses esclaves. On est héros quand on fait un sacrifice immense à son roi ou à sa patrie. On peut être un grand roi, un grand homme, un grand général sans être héros.

La main est puissance comme premier instrument de l'homme, en réunissant à la fois l'organe et la force, la volonté et l'obéissance.

La métaphysique est l'usage le plus délié de l'esprit humain, de ce coup-d'œil ou regard intérieur que la nature nous a donné, et qui s'exerce sur le côté théorique de tous les arts et de tout ce qui existe. Les théories et les définitions sont son objet. Dès qu'il faut conclure ou agir, elle nous renvoie à la logique et à l'expérience, mères des raisonnemens et des arts.

Dans un animal quelconque, le *moi* se compose de la réunion de toutes nos facultés ; il personnifie l'âme et le corps, et n'en fait qu'un seul être. Un homme qui dit *moi*, dit plus que celui qui dit *mon âme*.

Un homme qui est toujours réel peut n'être pas vrai, mais il est vraiment homme. Un homme vrai est toujours un vrai homme, un homme réel, sans quoi il serait un fantôme.

La réminiscence est la faculté de sentir, de se rappeler la continuation de notre être; ce qui fait que l'homme se reconnaît, que le *moi* d'aujourd'hui est le *moi* de la veille, et qu'on ne recommence pas son existence à chaque instant. Elle est la continuité ou la liaison de nos idées. L'identité diffère de la mémoire.

Les Platoniciens croyaient que les connaissances que nous acquérons ne sont que des réminiscences de ce que nous avons su avant la naissance : en quoi ils avaient tort, puisque ç'auraient été des réminiscences sans souvenir, et une mémoire sans conscience. Il ne peut exister une métempsycose d'idées.

On dit dans le monde, *il a fait cette phrase-là de réminiscence* : c'est un retour d'une idée sans conscience qu'on a déjà eue ou vue quelque part.

Dans les gouvernemens représentatifs les ministres sont responsables de leur gestion. Aux yeux de la justice tout homme est responsable de ses actions; aux yeux de la morale les intentions même sont responsables. Une affreuse responsabilité pèse sur la tête de ceux qui égarent les rois et les peuples.

La rhétorique est l'art de rendre l'homme éloquent sur les choses étrangères et éloignées de lui comme si elles lui étaient propres ou présentes ; de régler l'éloquence elle-même, de classer toutes les formes du discours, et de mettre les idées, les sentimens et les mouvemens à leur véritable place : c'est l'art de persuader ; elle emprunte à la logique les moyens de convaincre.

Le fond d'un roman peut être vrai, mais les détails en sont faux. Il est de leur essence de peindre les mœurs du temps dont ils peignent les personnages sous d'anciens noms, ou sous des noms inventés. Les romans philosophiques doivent peindre le ridicule des hommes et des opinions. Un grand esprit pourra bien faire un roman, mais il n'en fera sûrement pas deux.

Toutes nos idées sont d'abord des sensations, et ensuite des souvenirs. La sensation diffère du sentiment ; l'un est l'effet, l'autre la cause. On peut éprouver le sentiment de la faim sans voir ou sans avoir vu des comestibles ; on ne peut éprouver le sentiment du manger, sans manger en effet. Le sentiment nous vient à la fois de nos besoins et des objets extérieurs; les sensations ne viennent que des objets.

La puissance politique est conservatrice, elle protége et réprime; elle est l'organe de la force publique et de la justice. Les grands empires sont faits pour le gouvernement purement monarchique; les petits états pour le démocratique, et les états qui ne sont ni grands ni petits pour l'aristocratique. Les formes dépendent du fond; ce qui prouve l'ignorance et la bêtise de nos faiseurs de constitutions.

Etre et substance sont les mots les plus universels de toutes langues, les plus abstraits et les plus collectifs que l'homme puisse employer; ils ont le *néant* pour opposition : c'est à eux que viennent aboutir tous les genres, toutes les classes, toutes les espèces; ils sont exprimés ou sous-entendus dans toutes les définitions et descriptions; car tout est *être* ou *substance*; ces deux mots conviennent à la matière et à l'esprit. Voilà ce qu'ils ont de commun, et voici leur différence. L'*être* est tout ce qui existe, sans égard aux qualités tant intérieures qu'extérieures dont il est doué : la *substance* est l'être caché sous les qualités apparentes qui le rendent sensible. Ainsi une fleur est un être; sa substance est sous les apparences de sa couleur, de son odeur, de sa forme et de son poids. Nous ne connaîtrons jamais la substance des êtres, puisque nous ne les connaissons que par leurs qualités sensibles. Nous croyons l'esprit une substance à qui nous ôtons toutes les qualités de la matière, excepté l'existence et la pensée; car sans cette exception de l'existence, nous ferions en parlant de l'esprit la définition du *néant*, et sans l'attribut de la pensée, en parlant de l'esprit, on ne définirait que *l'être*. Il résulte que les *qualités* sont des êtres, quoiqu'elles ne puissent exister qu'attachées aux substances, et que réciproquement il n'y a point de substance sans qualités : on les nomme *accidens* parce qu'elles ne sont pas essentiellement constantes dans la substance ; une fleur peut changer de forme et de couleur ; l'esprit change de pensée et ne pense pas toujours.

Que si on ne considère l'esprit que comme un attribut du corps animé, et si on veut que les qualités sensibles ne soient que des manières d'être, des modes ou des modifications du sujet qui produit en nous les sensations du toucher, de la vue, de l'odorat, etc., alors il n'y aura réellement d'être et de substance dans ce monde que la matière, et l'esprit ne sera que la faculté de penser, une suite de pensées et de volontés, bref la plus brillante modification des corps organisés. Quant à la nature d'un être quelconque, on entend par ce mot l'union de sa substance et de ses qualités : ainsi on ne connaît jamais qu'en partie la nature d'une chose, c'est-à-dire par ses qualités ou propriétés ou attributs : la substance est toujours cachée... Le mot *chose* est le nom vulgaire de l'*être* et de la substance.

Le sujet d'une conversation n'en est pas toujours l'objet. Une affaire est le sujet qui occupe, et diffère de son objet.

Le bon ton est la science des convenances dans la conversation et dans les manières. Il faut bien faire attention au sujet qu'on traite et aux gens à qui on parle. Il est entre le mode et la négligence, et dans le monde il est ce que le bon goût est dans les beaux-arts. En fait de style, le ton en est la convenance à la nature du sujet, mais on peut passer du style grave à un sujet badin, et du style badin, à un sujet grave. Le goût oppose souvent le ton du style à la nature du sujet.

La vérité est la qualité de ce qui est réel et évident ; de ce qui est sensible et prouvé, de ce qui tombe sous les sens et de ce qui frappe la raison. La signification du mot *vérité* est vague et composée ; il n'est donc pas possible de la définir généralement. On met dans le premier ordre les vérités

mathématiques : ce sont des vérités de définitions ;
elles ont l'évidence pour elles ; ensuite les vérités
physiques, fondées sur le rapport des sens ; elles
produisent la certitude. Les vérités historiques
sont fondées sur le témoignage des hommes, sur la
mémoire et sur la vraisemblance ; ce sont les pro-
babilités qui approchent plus ou moins de la certitude. Les vérités abstraites sont opposées à la
fausseté, à l'erreur, à l'illusion, aux chimères et
aux contradictions : les vérités morales sont fondées
sur la raison, sur l'expérience, et sur la nécessité.

Le style est l'art de forcer l'attention aux idées,
et la poésie consiste à les faire retenir. On fait
donc toujours la guerre à l'oubli.

Les animaux sont près de l'avenir par leurs besoins, à cause de la crainte qui chez eux s'appellerait
prévoyance, s'ils avaient l'idée du temps. Quelques
philosophes parlent des animaux, comme de Dieu,
avec des expressions empruntées de l'homme : d'autres leur refusent tout, et en font des automates,
comme ils nient l'existence de Dieu : idolâtres ou
athées, *nil medium est*. On découvrira pourquoi les
animaux n'ont pas le temps, quand on découvrira
pourquoi nous l'avons.

L'Europe doit s'attendre à de grands bouleversemens avec cet ambitieux consul qui gouverne la France. Trois empires doivent se liguer contre lui, la Russie, l'Autriche et la Prusse ; l'Angleterre sera le banquier. L'Espagne ne peut rien que pour elle-même ; l'Italie est nulle, et la Pologne touche à sa fin. D'ici à un siècle quand la Russie aura cent millions d'habitans, elle deviendra l'Europe elle-même. L'empire romain périt par les hordes du Nord ; c'est une pente naturelle. Les Français auront toujours sur le cœur la bataille de Rosbach ; ils chercheront à s'en venger. La Prusse est située entre trois colosses, que deviendra-t-elle ? L'Autriche se relevera de ses pertes. Ce gouvernement est habile et profond : elle a tout dû à sa temporisation, à sa politique et à ses mariages ; son plan est toujours le même. D'ailleurs, c'est un gouvernement paternel. Il y a un MOI politique comme il y a un MOI humain ; chacun tend à soi, et la révolution n'éclaire personne : ce n'est pas ma faute.

Il y a une singulière parité entre la révolution d'Angleterre et celle de France. Le long parlement et la mort de Charles 1er ; la convention et la mort de Louis XVI ; et puis Cromwel et puis Bonaparte. S'il y a une restauration aurons-nous un autre Charles second mourant dans son lit, et un autre Jacques second quittant son royaume, et puis une dynastie étrangère ? C'est une idée tout comme une autre que cette prévision ; mais il faut recomman-

der la prévoyance à ceux qui gouvernent. Charles Ier
et Louis XVI en manquèrent absolument, et malgré
leurs vertus ils périrent sur l'échafaud. Les vertus
d'un monarque ne doivent pas être celles d'un
particulier. Un roi honnête homme, et qui n'est
que cela, est un pauvre homme de roi.

Si après la bataille de Pharsale César se fût dé-
fait des Brutus, des Cassius, des Cimber, etc., ils
ne l'auraient pas assassiné en plein sénat; ce furent
des ingrats monstrueux et sans politique qui ne
virent pas que l'empire avait besoin d'un maître.
Sylla entendait mieux le gouvernement que César :
celui-ci était pourtant plus grand homme que Sylla;
il voulut être bon, noble et généreux, et il en fut la
dupe. Il y a de quoi être dégoûté de ces vertus-là
quand on gouverne. On donna à Louis XVI un
excellent et terrible conseil après la séance du jeu
de paume; les députés y furent de grands coupables;
il ne voulut pas y obtempérer; de là sa faute et sa
perte. Je connais ce conseil et celui qui le donna;
mais je ne dirai pas l'un, et je ne nommerai pas l'autre. Il y a des choses qu'il faut savoir taire.

Les philosophes ont tant déclamé contre les jé-
suites, et cela fait déjà leur éloge, que tout homme
juste a raison de les défendre. Qui ne sait les services que cette congrégation a rendus à la religion
dans les Deux-Mondes : et quel bien ont fait leurs

ennemis, les jansénistes, cette espèce de protestans qui ne veulent aucune hiérarchie soit religieuse, soit monarchique, et qui par une sorte de fatalisme sacrifient tout à une rigide nécessité qui conduit au désespoir? heureusement qu'on n'ose plus se dire janséniste; ce serait trop ridicule,

On m'objectera peut-être que les jésuites ont été accusés, mais sans preuves, d'en vouloir quelque-fois à la personne des rois; mais ils n'en veulent jamais à la royauté, car ils ne peuvent s'en passer; la conséquence est immense. Quand trois ministres se liguèrent pour les détruire en France et dans la Péninsule, ils se firent les instrumens des philoso-phes, et cette destruction a été une des grandes causes de nos malheurs. Le parlement de Paris qui était un repaire de jansénistes s'unit à eux, et Louis XV laissa tout faire, quoiqu'il détestât les gens de robe et qu'il n'aimât pas les philosophes.

On fit une grande faute de rétablir les parlemens, qui par leur refus d'enregistrer les impôts ame-nèrent la révolution; ils étaient morts, il ne fallait pas les faire revivre; mais il fallait rétablir les jé-suites qui par l'éducation donnée à la jeunesse auraient paralysé les efforts de la philosophie, et prêché avec fruit la douce loi de l'Evangile qui vient de Dieu pour le bonheur des hommes, et qui est la première des lois : *lex ligat, religioque religat.*

Il n'y a qu'une morale, comme il n'y a qu'une

géométrie; ces deux mots n'ont point de pluriel. La morale est fille de la justice et de la conscience; c'est une religion universelle.

Un peu de philosophie écarte de la religion et beaucoup y ramène. Bacon a dit ceci de la religion, et il a voulu faire entendre que lorsqu'on revient à elle, c'est qu'elle nous rappelle par son côté politique.

Il n'y a que la nature qui ait toujours uni le châtiment et la récompense dans chacune de ses lois : aussi ses préceptes sont des penchans. Le corps social ne peut pas être aussi magnifique : les lois menacent et châtient.

La nature nous condamne à tuer un poulet ou à mourir de faim, c'est là le fondement de nos droits : et voici la généalogie des ressorts politiques ; les besoins fondent les droits et les droits fondent les pouvoirs ; mais en France on a donné au peuple des pouvoirs dont il n'avait pas le droit et des droits dont il n'avait pas le besoin.

Différence entre les procédés de la nature et les nôtres. Quand la nature rassemble des élémens pour faire un être vivant, cet être jouit aussitôt de deux *moi*, dont l'un intérieur, l'autre extérieur : mais quand nous formons par exemple un régiment, un collége, un empire, cet être ne jouit que d'un *moi* extérieur.

Cette impossibilité de faire le *moi* dans le corps politique et dans toutes les associations a décidé la forme de tous les gouvernemens; parce qu'il y avait autant de nécessité d'un côté que d'impossibilité de l'autre : on s'en est tiré par une fictio .

Raisons qui rendent presqu'impraticable la constitution anglaise en France. La force publique étant maritime, son explosion est extérieure : mais la France étant continentale, une force publique serait fatale à la liberté. La liberté est pour ainsi dire insulaire.

La philosophie est un esprit d'abstraction et d'analyse. Le philosophe décompose la pierre, l'architecte la taille et l'emploie, et s'il ne peut la fixer, il a recours au ciment.

Les fondemens de tout édifice sont condamnés à une obscurité éternelle. L'état de peuple est un tat de commençant. L'homme naît dans la dou-

ble disette des subsistances et des lumières ; il ac-
quiert les unes et les autres par le travail et le
temps : et quand il les a acquises, il ne veut plus
être peuple. L'assemblée a tout fait pour une place
où personne ne veut rester.

Les rois et les peuples ne se révoltent que contre
le corps politique.

Ils ont rendu l'insurrection constitutionnelle :
mais la fièvre n'est point constitutionnelle dans
l'homme, elle est souvent inévitable ; mais il faut
toujours la repousser.

Les pays attachés à la mer, comme Tyr, Amster-
dam, etc., ne peuvent être opprimés que par une
force extérieure : les habitations dans les îles et autour du cap de Bonne-Espérance bravent leur gouvernement.

Un bourgeois souffrira peut-être plus impatiem-
ment d'être comparé à un savetier, qu'un noble à
un bourgeois.

Croyez-vous que si un garçon perruquier est

fait sous–lieutenant, les soldats qu'il a coiffés lui obéiront mieux? cela suppose trop de philosophie; ces sortes d'idées n'ont rien de politique.

A mesure que les superstitions diminuent chez un peuple, le gouvernement doit augmenter de précautions, et resserrer l'autorité, et la discipline.

Les princes étant la forme visible du gouverne-ment, il n'y a que ceux qui entendent cette fiction qui doivent connaître la vie intérieure, les jeux, les mœurs, les plaisanteries des princes : le peu-ple doit ignorer tout cela; à plus forte raison des papes. Benoît XIV aimé des gens d'esprit ne fut pas estimé du peuple romain.

Politesse dans l'inférieur, signe de son état. Dans le *supérieur* signe de son éducation; aussi malgré la révolution, celui-ci continue pour n'avoir pas l'air d'avoir perdu son éducation, tandis que l'homme du peuple cesse d'être poli, pour prou-ver qu'il a changé d'état. Il brave, il insulte, parce qu'il obéissait autrefois, ce qu'il flattait : c'est à ce signe qu'il reconnaît l'égalité.

Les états despotiques périssent, faute de des-potisme; comme les gens fins, faute de finesse.

Dans les gouvernemens représentatifs, il faut *d'abord* que tous les députés puissent être contenus dans une salle, quelle que soit l'étendue de l'empire : *en second lieu,* la majorité de la nation peut avoir constamment la minorité dans l'assemblée. Au reste c'est presque toujours la minorité qui gouverne.

Il y a grande distinction à faire entre la majorité arithmétique, et la majorité politique d'un état.

Les peuples peuvent comme Didon, gémir d'avoir trouvé la lumière.

On a eu des prêtres constitutionnels, mais on ne peut avoir une religion constitutionnelle.

D'après les principes de la constitution, et de la révolution, il ne faut expliquer que le peu de bien qui s'est opéré depuis quelques années : en effet si les colonies n'avaient pas été brûlées, il faudrait expliquer pourquoi ?

L'assemblée constituante tâcha avant son départ d'organiser le désordre.

Au commencement de la révolution, la minorité dit à la majorité, *mets-toi dessous* : ensuite la majorité a dit à la minorité, *soyons égaux*, et il se trouve que la vengeance est terrible.

La noblesse oublia ce principe, *res eodem modo conservantur quò generantur*. Les nobles ont d'abord défendu leur esprit avec leur épée, et leur état avec des brochures.

Grande distinction entre la propriété, et la souveraineté : les rois avaient dans leurs édits des formules de propriétaire, et de despotes plus absolus qu'ils ne l'étaient en effet : tout cela est fondé sur le droit primitif de la conquête, sur ce qu'ils étendirent peu à peu sur le royaume, le ton qu'ils avaient pris sur leur domaine, sur ce que les hommes valant toujours plus, les mots se sont trouvés trop forts. Il fallait être plus maître encore; et avoir des formes plus modestes. C'est là la sottise des révolutionnaires, ils auraient dû cacher au peuple leurs forces, en leur imposant des formes respectueuses envers le prince, et ces formes auraient à leur tour déguisé au roi sa faiblesse.

Les peuples qui composent un grand empire,

n'ont pu être consultés pour le composer : c'est la conquête qui a fondé les différentes peuplades. Ainsi la France ne doit pas dire que ses rois l'ont détrônée, puisqu'ils l'ont formée. Ils ont rassemblé des ruisseaux et en ont formé un fleuve. Doit-on consulter pour la destruction de l'empire ceux qu'on n'a pu consulter sur sa formation ?

Le corps politique a des besoins, des droits, et des pouvoirs, comme je l'ai dit. Mais la correspondance est telle entre ces trois principes, que le peuple n'a jamais le droit de ce qu'il ne peut pas : ainsi de ce qu'il ne peut être assemblé, de ce qu'il ne peut être unanime, il suit qu'il ne peut délibérer, qu'il ne peut élire la forme du gouvernement et être souverain.

Un démocrate vous dit aujourd'hui, *sois libre*, du ton dont un despote vous dit, *sois esclave*. Il est plaisant que ces MM. prétendent que nous ne voulons pas être libres.

La liberté, et l'égalité, ne sont point les deux buts du corps politique.

A Constantinople l'empire finit avant une dispute

théologique, et à *Tarente* avant la fin du spectacle. Nos philosophes voient bien aujourd'hui, que leur plume est un poignard.

Comparaison du sénat romain à l'empereur, et de l'assemblée, au roi. Celui-ci perd des prérogatives, comme l'autre perdait des priviléges.

On parle toujours de l'état d'où l'on sort. Sous les empereurs on parlait au nom de la république, et sous notre constitution on parle toujours au nom de la monarchie.

Nous sommes dans un siècle où l'obscurité protége mieux que la loi, et rassure plus que l'innocence.

On peut comparer la société à une salle de spectacle, on n'y était aux loges que parce qu'on payait davantage.

Trois sortes de personnes se sont présentées à la brèche lors de la révolution, d'abord les puissans, ensuite les riches, et enfin le petit peuple. Les deux premières classes se sont d'abord retirées, la révolution a d'abord été de finance, ensuite elle a été philosophique, l'intérêt a fait taire la religion, et la vanité a bientôt fait taire l'intérêt lui-même.

L'ancienne division du royaume était fondée sur les mœurs ; aussi on s'entendait bien quand on disait un gascon, un normand, etc.

Raison pourquoi une certaine démocratie, ramène une certaine grossièreté de mœurs : preuve de plus que ce genre de gouvernement ne convient qu'aux petits états, aux états commençants où chacun se connaît.

La fortune de Voltaire maintint l'équilibre de son existence, *voyez le Mondain*. Rousseau offre au contraire un grand défaut d'équilibre entre son talent et sa fortune. L'un convenait à un grand empire ; l'autre à une petite ville , où la pauvreté peut être une vertu. Mais par une bizarrerie que les seules passions expliquent, l'un vécut à Genève, et l'autre à Paris : l'un voulut jouir fastueusement de sa fortune chez un petit peuple, et l'autre étonner une grande nation du spectacle de sa farouche pauvreté. Ce n'est pas là la vraie philosophie.

Le vrai philosophe, est d'abord celui dont on

ne parle pas. Nous n'entendons pas aujourd'hui par philosophe un homme qui maîtrise ses passions, qui se cache, mais un homme qui a l'esprit d'analyse, une grande hardiesse, et qui secoue des préjugés sans acquérir des vertus.

Dans le monde celui-là est un vrai philosophe qui pardonne à la société son défaut de fortune, avec autant de calme qu'un tel, riche banquier, pardonne son défaut d'esprit à la nature.

Dans les petites démocraties, on a un peuple; dans les grands états, on a un public : c'est à celui-là qu'il faut parler; favorisant toujours le penchant qu'il a à se séparer du peuple.

En Angleterre, les communes sont une forte aristocratie.

Les puissances étrangères croient autant que nos démocrates, à la souveraineté du peuple; mais elles se conduisent comme si elles n'y croyaient pas; de sorte qu'elles prospèrent parce qu'elles sont inconséquentes à ce principe, et que nous périssons parce que nous y avons été conséquens.

Si la souveraineté du peuple était une vérité, l'assemblée nationale et les jacobins surtout, qui ont poussé ce principe jusqu'où il peut aller, n'auraient pas fait un pas qui n'eût été un triomphe pour ce même principe.

A-t-on attendu les découvertes *de Newton* sur la gravitation, pour peser les corps, les poétiques pour faire des poèmes, et les ouvrages de politique pour fonder des empires ?

Là où il y a nécessité, il n'y a pas de contrat, mais plutôt nature éternelle des choses. Contrat emporte l'idée d'arbitraire. Rousseau s'est trompé à cet égard. Il semble avoir dit, *sit pro ratione voluntas.*

Il se peut, et il arrive, que le contrat social contrarie la nature éternelle du corps politique, et voilà pourquoi les empires se forment mieux par calus, usage, et laps de temps, que par délibération et innovation.

Dans le monde physique, c'est la fréquence, et la répétition des mêmes sensations, c'est la constance et la perpétuité des formes, qui fondent no-

tre réalité et celle de tous les corps environnans :
ainsi dans le corps politique le maintien de la forme
du gouvernement, la fixité des lois, la durée des
usages, etc. Les Espagnols sont le peuple de l'Europe le moins amoureux des nouveautés. Il y a de
la nationalité chez eux, et c'est une grande force.

Tout gouvernement a des droits sur les lumières
des gens d'esprit et sur les facultés des gens riches.
Mais il y en a qui allégent les riches et repoussent
les gens d'esprit ; ils ne veulent ni de l'or des uns,
ni des lumières des autres.

La nature a voulu que l'homme de génie eût du
plaisir à répandre ses idées, ainsi les gouvernemens sont sans excuse.

La nature a voulu aussi que l'homme trouvât du
charme à commander aux hommes, sans cela on
n'aurait pu avoir des rois, et des magistrats, que
comme on a des chevaux avec le fouet, et la bride.
Ce charme vient de l'homogénéité, car il n'y aurait
que de l'ennui à une espèce supérieure, de commander à une espèce inférieure ; ainsi le berger
s'ennuie avec son troupeau, en proportion de ses
lumières.

Un homme d'un grand sens, employé par les rois, consulte mieux la nature du corps politique, l'interroge mieux, mûrit les événemens, rapproche les époques. Richelieu ne fit qu'opérer en vingt ans, ce qui se serait opéré dans un siècle; car le génie ne consiste pas à contrarier la nature, ou à forcer les événemens, comme se le figurent nos modernes philosophes, mais plutôt à hâter le cours des choses vers leurs penchans naturels.

Les empereurs exerçaient, à Rome, les vengeances du peuple contre les nobles; aussi leur histoire serait-elle toute différente si elle n'eût pas été écrite par des nobles. En France les rois ont soutenu d'abord le peuple contre les nobles, et ensuite les nobles contre le peuple. La révolution a détruit les uns et les autres.

Paris est aussi indifférent aux malheurs de Montpellier, Nismes et Avignon, qu'à ceux de la Chine ou du Tonquin; ce qui prouve que l'unité et la vigueur du gouvernement, doivent suppléer dans les grands états à l'esprit public qui n'y peut exister.

Les passions sont en règle dans cette révolution, ce sont les principes qui ont tort, puisqu'il n'y a qu'eux de nouveaux : les passions pré-existaient et survivront à tout. L'envie, l'ambition, la cruauté ne connaissent pas le changement, elles sont toujours prêtes à entrer par la porte qui s'ouvre : *Quadrata portâ ruunt*. Pilote, change ta manœuvre, car les vagues et les vents sont toujours les mêmes.

Il s'agit de poser une digue au centre de l'Europe, car le principe de la souveraineté du peuple, semerait des révolutions sans fin et sans terme.

Les Romains qui parlaient toujours de la république, épuisèrent toutes les formes de l'adulation envers leurs princes, et nous qui parlons toujours de la monarchie, nous avons inventé de nouvelles formes de grossièreté et de barbarie, envers les nôtres.

Quand Montesquieu a dit *point de monarchie sans noblesse*, il est tombé dans un inconvéniant remarquable, en laissant du vague et de l'arbitraire dans l'expression. Il a semé le germe d'une dispute. Entendait-il une noblesse qui a des pouvoirs? ou une noblesse qui n'a que des honneurs?

Il n'y a que quatre manières d'exister pour la noblesse : comme souveraine en Allemagne, comme féodale en Pologne, comme constitutionnelle en Angleterre, ou comme caste sacrée dans l'Inde. En Espagne et en France, la noblesse n'était qu'une condition agréable.

Dans une grande nation le roi et le peuple se cherchent sans cesse : les nobles de naissance et les nobles de charge comme en Espagne et en France s'interposent sans cesse entre le peuple et le gouvernement, le modèrent, ou l'arrêtent. Les intrigues des rois, et les besoins du peuple, font la moitié du chemin pour se rencontrer; et le gouvernement prend d'abord une couleur monarchique. Les affaires en se multipliant se consolident; ainsi dans un cercle, plus on trace de rayons, et mieux on appuie et l'on marque le centre.

Placés entre le passé et l'avenir comme entre un vieillard chargé d'expérience et un enfant au berceau, ils ont donné la préférence à l'enfant. Aussi prétendent-ils qu'il faut tout attendre des générations à venir, et sacrifier celle-ci à la suivante.

Rousseau a fait graver à la tête de ses œuvres politiques un satyre qui s'approche d'un flambeau, et il lui crie : *Satyre, n'approche pas, car le feu brûle.* En quoi il a mal expliqué son allégorie, car le satyre

9

étant encore loin n'est frappé que de la lumière. Il fallait donc lui crier, *n'approche pas*, *car la lumière brûle* ; et c'est de quoi il s'agissait. Nos philosophes ont donc jeté la lumière à nos satyres sans songer qu'elle brûle.

Rien ne rend misérable comme de se conduire dans un état par les règles et les principes ou données d'un autre état. Un sauvage qui aurait nos lumières, un citoyen qui aurait l'ignorance du sauvage seraient également malheureux.

Les paysans font pour nous la première digestion de la vie sociale, si avec nos lumières nous avions leurs peines, et si avec leurs peines ils avaient nos lumières ils ne voudraient plus travailler, et nous ne voudrions plus vivre.

Quatre partis se sont donné rendez-vous dans la révolution, accord unique dans l'histoire, jansénistes, calvinistes, philosophes, et capitalistes.

Effet de la décoration militaire sur tous les Français. Mais la gloire a souvent fait reculer ceux que la vanité a fait avancer.

Entre un démagogue et un démocrate, la différence est de la main à l'instrument.

Avec les mots : *ordre et liberté* on conduira et ramènera toujours le genre humain du despotisme à l'anarchie et de l'anarchie au despotisme.

La fièvre suppose des humeurs préexistantes, comme l'insurrection, l'abus du pouvoir ou le faible usage de l'autorité.

La souveraineté est le premier phénomène des corps politiques, c'est le droit de se conserver, de se défendre, de s'accroître, de jouir enfin de la plénitude de sa vie politique. Tout a sa souveraineté.

Il est démontré qu'il y a des états où les mouvemens du peuple ne peuvent qu'être funestes au corps politique, ce qui fait que la souveraineté ne peut le regarder.

L'art qu'il faut pour faire entrer le peuple dans la souveraineté prouve assez qu'il n'y est pas naturel; c'est ce qu'on appelle aujourd'hui faire une constitution.

Rousseau, orateur *ambidextre*, homme à talens plutôt que grand métaphysicien. Mais quand le talent a brillé à droite, il cherche aussi à briller à gauche.

Si la révolution et ses malheurs n'étaient arrivés, nos raisons politiques fortes de principes incontestables seraient pourtant restées sans force, parce qu'elles eussent manqué de la puissance de l'application. Le Contrat Social aurait toujours été l'évangile des factieux et l'épouvantail des rois : mais quand on part des effets, on arrive bientôt aux causes, et les causes assurent aussitôt les principes. L'esprit de parti n'a rien pu sur nous.

Les main-mortes tant décriées, ont pourtant fait les plus beaux établissemens du royaume; c'est que le corps politique a aussi son côté main-mortable.

Les Français ont mis la liberté avant la sûreté. Cependant l'homme quitte les bois où la liberté l'emporte sur la sûreté pour arriver dans les villes où la sûreté l'emporte sur la liberté.

La liberté est le premier bien pour un peuple pauvre et peu nombreux : quand l'empire s'agrandit et s'enrichit, elle n'est plus un besoin : j'entends ici la liberté politique.

Dans l'ancienne lutte du roi et des parlemens, il avait les troupes, et ceux-ci le peuple, dans la lutte de l'assemblée et du roi elle a le peuple et lui n'a plus les troupes. Observez que dans l'ancien régime les échecs des parlemens tournaient au profit de l'autorité, et que dans le nouveau les pertes du roi sont autant d'échecs au corps politique : aussi subsistait-il par les victoires du roi sur les parlemens, et a-t-il péri par une victoire du peuple sur le roi.

A l'ouverture des états-généraux le roi n'ayant parlé que de sa détresse, et M. Necker que de sa vertu, l'assemblée perdit dans le même jour l'espoir d'être corrompue, et la crainte d'être réprimée.

Il y avait dans la nation, et il y avait toujours eu dans l'assemblée de ses représentans une majorité d'envieux et une minorité d'ambitieux ; car c'est le grand nombre qui désespère d'avoir les places, et les prétentions fondées ne sont que pour le petit nombre : mais l'ambition veut obtenir son objet, et l'envie veut le détruire : et c'est cette envie de la majorité qui l'a emporté sur l'ambition de la minorité.

Il n'y a que ceux qui sont hors de la maison qui cherchent à la renverser. On a observé dans les

tremblemens de terre de Lisbonne et de Lima que
la canaille se jetait dans toutes les maisons, pil-
lait, violait, massacrait : car les gueux sont aussi
funestes au corps politique que les tremblemens
de terre et les volcans.

Le gouvernement doit toujours compter sur l'a-
mour des nouveautés, sur la tendance au murmure et à la désobéissance, sur la résistance enfin
du peuple à gouverner, et, comme en mécanique,
ajouter l'effort de la machine à l'effet qu'elle doit
produire.

Il y a peu de rois qui se soient plus reposés sur
l'amour des peuples que les rois de France : et cependant il n'y a pas de peuple qui ait fait plus de
libelles contre ses rois.

Le problême est de savoir si le corps politique
se porte mieux sous le gouvernement purement
monarchique, que sous un gouvernement repré-
sentatif. Dans le premier cas, c'est la crainte du
peuple, c'est-à-dire, des insurrections qui contient
le gouvernement; dans le second, on n'a que la
corruption des représentans pour obtenir l'ordre.

La crainte, la plus puissante des passions, peut

seule assurer l'existence et la durée du corps politique, elle en assure la félicité quand elle est réciproque entre le peuple et le roi ; car si le peuple
craint le roi, il n'y a pas de révolte, et si les rois
craignent le peuple, il n'y a pas d'oppression ; mais
il y a toujours anarchie ou despotisme quand la
crainte n'est que d'un côté.

On a examiné s'il valait mieux se faire craindre
que se faire aimer : Henri IV fit l'un et l'autre.
Louis XIV se fit craindre et se fit admirer.

Certains bourgeois fougueux que la représentation nous envoie ont les inconvéniens de l'incor-
ruptibilité sans connaître cette vertu.

Un roi tient plus au corps politique qu'un particulier quelconque. Si un particulier fait un crime,
on ne lui dit pas : vous faites mal à l'état, car cette
considération ne l'arrêterait pas ; mais on lui parle
de supplice. On arrête toujours un roi, au contraire,
par la considération de l'état, plus que par la
crainte d'un péril particulier.

L'intérêt général l'emporte sur la liberté particulière.
Un homme qui laisserait sa terre en friche, pour-

rait être accusé de folie, ou de méchanceté, très justement, dans un corps politique.

Platon disait : c'est au musicien à faire de la musique, c'est au poète à faire des vers, c'est au philosophe à en parler. *Platon* n'a point dit : c'est au philosophe à faire des vers ou de la musique, mais seulement à en parler. La vraie philosophie est ce bon esprit qui ne parle qu'en politique sur les états, en astronome sur les astres, etc. Le feu roi de Prusse qui parlait de tout en philosophe, agissait tantôt en politique, tantôt en guerrier, tantôt en administrateur. La philosophie n'est point *faiseuse*, elle est *discoureuse*. C'est d'ailleurs un dissolvant, et la politique est un lien.

La philosophie renvoie l'homme dans les bois, la religion dans les temples, et la politique dans les villes.

Les attroupemens d'ouvriers sont aussi nuisibles au corps politique que la dispersion des soldats. Il est de l'essence de l'armée d'être dans les casernes ou sous les drapeaux : il est de l'essence du peuple d'être dispersé dans les ateliers ou dans les champs.

L'esprit de la révolution est opposé à la lettre de

la constitution. Les piques aux armes constituées, les tribunes aux assemblées délibérantes, les jacobins à tous les pouvoirs. C'est comme dans un concert de musique où lorsque chaque concertant fait sa partie, rien ne va.

Le corps politique n'a point en soi de côté philosophique, pas plus que de côté chimique; mais chaque chose a un regard philosophique et ce regard est en nous, mais non dans les choses; voilà la source de toutes les erreurs de l'esprit humain. C'est ainsi que fini, infini, espace, durée, fin, commencement, n'existent que dans nous. Si nous appliquons ces conceptions à la nature, c'est pour notre usage et non pour le sien, car elles n'en sont pas : ainsi la toise qui mesure un mur, n'est ni du mur ni dans le mur; elle est de nous et dans nous.

Le corps politique, ce phénomène artificiel a toute la sûreté et tous les inconvéniens du calcul; il a ses parties aliquotes qui sont bornées et les parties irréductibles et irrationnelles qui sont dans ce nombre : ainsi dans une toise, les pieds, les pouces et les lignes sont connues, et les portions de la toise qui ne sont ni pied, ni pouces, ni lignes, sont à l'infini. La nature marche par les incommensurables et l'art par des intervalles mesurés.

Tel phénomène ne peut exister qu'à telle condition. Si vous voulez donner aux abeilles la liberté du papillon, vous n'aurez ni ruche ni miel; et c'est pourtant ce qu'on a voulu.

Liberté, égalité, fausse devise du corps politique; on sait ce que l'une coûta aux Lacédémoniens, et ce que l'autre a coûté de nos jours aux Français.

La faveur populaire qui s'attachait aux parlemens lorsqu'ils résistaient au roi, se serait aussi attachée au même prix, à une simple loge de francs-maçons.

Le peuple croit sa portion de souveraineté moins aliénée, ses droits moins trahis, par des représentans qui lui ressemblent, que par un roi. Voici la généalogie des lois : elles sont filles des usages, qui sont fils des besoins, lesquels sont enfans de la nature.

Si vous eussiez consulté tous les Français avant les états-généraux, vous auriez vu que chacun voulait un peu de la révolution actuelle. Il semble que la fortune n'ait fait que recueillir les voix pour la donner toute entière : chacun à part dit : *c'est trop.*

Les philosophes disent que ce n'est point une guerre d'homme à homme, une lutte des factions et des passions; mais un grand mouvement dans l'esprit humain. Il faut les prendre au mot, et la révolution n'est plus qu'une grande expérience de la philosophie qui perd son procès contre la politique. Révolution vient du mot *revolvere* qui signifie mettre sens dessus dessous.

Les anciens avaient en Grèce des *exegètes* ou interprètes des lois, que les juges consultaient dans les occasions difficiles.

La morale est comme le corps politique lui-même fondée sur l'homogénéité, car il n'y a point de morale de l'homme à la bête, ni de l'homme à Dieu. Entre animaux elle serait fondée sur l'animalité; entre des anges, sur la spiritualité; entre hommes elle le serait sur l'humanité, mère de toutes vertus : car elle conduit d'abord à la justice et ensuite à la bienfaisance.

Soixante-dix dames patriciennes, à Rome, em—

poisonnèrent une foule d'hommes et de femmes il-
lustres, et n'auraient laissé dans la république que
des sots et des servantes si on les eût laissé faire.
C'est là l'emblème de toutes les factions.

Parallèle de la religion et de la démocratie française : offrant pour cette vie l'égalité que la religion nous promettait pour une autre vie. Il est en
faveur de la religion.

La *volonté* est une esclave robuste qui est tantôt
au service des passions et tantôt au service de la
raison : c'est un éréthisme de toutes nos facultés
trop souvent produit par les passions ; car on ne
peut que les concevoir absentes de la volonté, et
nous ne voyons que trop souvent la raison abandonnée par elle. L'envie, la cruauté, l'ambition,
veulent ; la raison prie ou commande. Les femmes
abondent en volontés. Un faible éréthisme s'appelle velléité. Quand on est passé de l'âge des passions et des sensations à celui des idées, on a peu
de volontés ; et c'est pourtant alors qu'on a la tête
politique.

Un peuple veut beaucoup et par conséquent
beaucoup de choses contraires à la prospérité du
corps politique : car tout peuple est enfant. Si

comme les juifs, il quitte sa terre pour suivre un chef dans le désert, il faut des prestiges pour le séduire et des miracles pour le sauver. S'il nomme un général ou un roi, il n'y a de politique dans ce grand acte que ce qui est nécessaire et forcé, je veux dire la nomination d'un chef; mais le choix de tel ou tel, s'il est purement volontaire, est ordinairement mauvais.

Le peuple accorde sa faveur et rarement sa confiance : raison fondée sur la nature de la démocratie. Tous les jeunes gens haïssent la religion et le gouvernement, et ceux qui s'attachent naturellement à l'une ou à l'autre, ne le pouvant faire par politique, le font toujours par faiblesse ou par hypocrisie : ils sont flatteurs ou dévots. C'est l'impatience du joug qui est le principe de cette haine des gouvernemens paternels. C'est d'eux pourtant que nos philosophes se sont servis pour la révolution actuelle ; au lieu de multiplier les moyens de discipline et de subordination, ils ont recruté les passions.

Le talent est si peu de l'esprit, qu'un auteur français pour avoir fait une comédie contre les philosophes, est aujourd'hui leur plus grand satellite. Dirait-il pour se disculper que les ministres le payaient ?

Quand le corps politique se forme après la conquête, le gouvernement y joue un rôle très actif et
très considérable, et comme tout conspire à la réunion des partis, et à la prospérité du tout, on ne
songe point à se plaindre de cette première et importante partie du gouvernement. Semblable au
fruit vert qui tient d'autant plus à l'arbre qu'il est
éloigné de la maturité. Mais quand ce gouvernement, quand ce premier moteur a tout organisé,
quand les troupes et les tribunaux sont bien établis, les grands chemins et les communications
bien ouvertes, alors les raisonneurs ne voient plus
dans ce repos général, dans cette prospérité calme
et universelle, d'autre tâche que ce gouvernement
père du bien et de la sûreté de tous : on le critique en paix, on en jouit avec défiance, les conversations ne subsistent plus que de médisances
contre la cour; de la haine de la cour on passe
bientôt à celle du gouvernement; de l'irrévérence
pour le roi au dégoût de la royauté même, et autrefois de qui aimions-nous à médire au coin de
nos foyers? On croit en voyant un tel ordre de
choses, une telle masse de lumières, qu'on peut
échafauder tout cela contre le gouvernement, la
voûte est si grande, les parties en paraissent si bien
liées, qu'on croit pouvoir en changer les colonnes
et la clef même.

Le gouvernement est tellement important qu'il

peut suppléer sans cesse à la législation et à la constitution.

Lorsque dans un gouvernement il y a changement dynastique, tout le monde en convient, mais lorsqu'on laisse le roi et qu'on détruit la royauté, on profite du côté invisible de la révolution pour nier la mutation du gouvernement. En France l'espèce de république qui exista en 1790 n'était pas avouée, et on avouait la monarchie.

Quand la législation est bonne, elle couvre les défauts de la constitution, et celle-ci ne peut le lui rendre.

Une sûreté entière, une propriété toujours sacrée de ses biens et de sa personne, voilà la vraie liberté sociale.

La liberté hors de la société n'emporte pas l'idée de sûreté, et celle-ci ne peut se comprendre sans liberté et sans société.

Le peuple souverain à Athènes récompensait largement ceux qui l'amusaient, comme les vainqueurs des jeux et autres : presque jamais les ministres et les généraux qui le servaient, qu'ils frappaient au contraire d'ostracisme. L'aristocratie romaine était fortement opposée à cette conduite.

On veut de la sûreté pour soi et pour tout le monde. Il n'en est pas de même de la liberté. On n'en veut que pour soi et on se méfie de celle des autres.

La jouissance du droit politique de citoyen ne doit être considérée que sous le rapport de l'état ; car dire que ces droits conviennent à la fierté de l'homme, c'est parler en rhéteur.

On demande toujours si les rois sont faits pour les peuples ou les peuples pour les rois ; c'est comme s'ils demandaient si les poulets sont faits pour les hommes ou ceux-ci pour les poulets. La réponse est toute simple : Les peuples sont faits pour le corps politique ; car dans l'état, si le peuple est la portion la plus considérable, le gouvernement est la pièce principale : l'un et l'autre sont faits pour le tout. L'aiguille dans une pendule n'est pas faite pour les roues, ni les roues pour l'aiguille ; le tout est fait pour la pendule.

Les comparaisons de troupeaux et de bergers en politique ne valent rien, parce que il n'y a pas d'homogénéité : aussi la religion s'est-elle emparée de cette image, parce que c'est un dieu qui se charge des hommes.

Un berger environné de ses moutons, n'est autre chose qu'un homme entouré de beaucoup de subsistances : ce n'est pas là l'image de la royauté.

Il ne peut y avoir de contrat entre le roi et le corps politique, entre le corps politique et le peuple ; puisque tout y est nécessaire. Si on obéit à sa nature éternelle, tout prospère ; sinon, tout est forcé, et tout souffre ; le corps politique pâtit également des oppressions royales et des révoltes populaires.

Le rapport n'est point du peuple au roi, ni du roi au peuple, mais de l'un et de l'autre au corps politique.

Le corps politique souffre quand les rois font des actes de propriétaires ; le propriétaire et le peuple des actes de souverain.

Les philosophes qui peignent aux peuples les

10

plaisirs et les abus de la richesse, sont d'autant plus coupables, qu'ils ne peuvent faire comprendre aux esprits grossiers les peines des riches, les ennuis et les anxiétés de l'esprit : le petit peuple ne comprendra jamais qu'on périsse d'ennui au sein des jouissances, qu'on abhorre la vie après un bon dîner, et qu'on se tue sur une ottomane. Racine mourut d'un regard de Louis XIV; et cette leçon ne peut servir au peuple : la nature est également bonne dans ses dons et dans ses refus.

Les philosophes fondent souvent l'égalité sur des rapports anatomiques; ils concluent de ce que les nerfs, les muscles, et la configuration extérieure est la même; que deux citoyens doivent être égaux : mais égal ne signifie pas semblable, nous le répétons : c'est une erreur funeste.

Un Montmorency n'étalait pas ses titres à chaque instant; l'homme d'esprit étale les siens à chaque phrase. L'espoir secret des philosophes en établissant cette égalité, c'est que toute distinction conventionnelle étant abolie, une aristocratie naturelle et indestructible leur resterait.

Entre deux hommes tels que Voltaire et un porteur d'eau, c'est ce qu'ils ont de commun qui est admirable et essentiel aux yeux de la nature; ce qu'ils ont de différent est insensible.

Ce qu'il faut entendre par corruption dans le corps politique. Tarente fut prise avant la fin de la pièce de théâtre qu'on jouait. L'amour des arts l'emportait sur celui de la patrie.

Il n'y a point de patrie là où on ne se connaît pas tous. Ce qui remplace ce sentiment dans un grand état, n'est plus que le lien d'un langage commun et la vanité du nom. Si ce lien manque à des états différens, il n'y a plus que le gouvernement qui doit être plus fort.

Le pauvre n'ayant que sa liberté personnelle à engager, menace la sûreté des riches, qui à leur tour menacent sa subsistance. Si par un respect ironique, le riche refusait d'engager le pauvre, qu'arriverait-il?

La différence entre un ouvrier et un esclave, c'est que l'ouvrier n'engage sa liberté que pour un jour; et comme il faut qu'il l'engage tous les jours, il résulte que l'ouvrier n'est libre que pendant le sommeil : or, le sommeil d'un ouvrier libre ressemble fort à celui d'un esclave.

La vraie origine de l'esclavage apès la force et la conquête, c'est le besoin de manger et l'amour de la vie.

Si j'avais vu tout homme manquant de pain, ou asservi par un maître, se tuer plutôt que servir ou travailler, et dans une cage de fer se briser la tête contre les barreaux plutôt que de manger, j'en conclurais que l'homme est essentiellement libre; mais alors les corps politiques n'eussent jamais existé.

Un roi qui n'a jamais été dans le secret de son existence, ne peut pas être dans le secret de son néant. N'ayant vécu que d'une vie de grand propriétaire, il ne sent point la mort politique qui s'est opérée en lui; il ne la sait que par ouï dire.

Quand l'armée dépend du peuple, il se trouve à la fin que le gouvernement dépend de l'armée.

Quand un gouvernement a été assez mauvais pour exciter l'insurrection, assez faible pour ne pas l'arrêter, l'insurrection est alors de droit comme la maladie; car la maladie est aussi la dernière ressource de la nature; mais on n'a jamais dit que la maladie fût un devoir de l'homme.

Par un véritable esprit militaire, des régimens entiers ont écrit, le roi a prononcé que la loi était au-dessus de lui : nous avons cru à sa parole : *La nation, la loi et le roi.*

Véritable esprit de démagogue. Le maire de Paris forcé d'exécuter un décret qui ne plaît pas à la canaille, s'arrête et dit : je suis entre la loi et l'opinion publique.

L'armée est un corps dépositaire de la force publique toujours sûr de sa subsistance sans travail, mais sans liberté.

Dans la pure démocratie, tout soldat est citoyen, et tout citoyen est soldat, parce que tout homme est à la fois gouvernant et gouverné.

Quand un empire est grand et les affaires compliquées, si le gouvernement veut que le peuple y soit représenté, il arrive qu'il l'est par les amis de la forme du gouvernement déja existante, et le peuple les regarde comme ses ennemis : ou qu'il est représenté par les ennemis de la forme existante, et alors il y a révolution.

Des ignorans mal intentionnés ont l'air moins ignorans que des ignorans à bonnes intentions : cela s'est vérifié parmi nos députés ; ils ont eu l'air d'avoir un plan ; tant qu'il y a eu quelque chose à détruire. Un marteau qu'on promène sur les compartimens d'une maison a l'air de suivre un dessin.

Alfred-le-Grand chercha des lois chez différens peuples pour en faire son code. Toutes les nations en ont fait autant.

Dans tout état, les villes frontières ont moins de liberté que les villes de l'intérieur ; tant la sûreté est avant la liberté.

Il y a dans le corps politique une gradation de rivalité et d'émulation qui en fait l'harmonie, depuis le manœuvre jusques au grand propriétaire, et du simple soldat au maréchal de France. Dans la double hiérarchie des rangs et des fortunes, chacun n'ambitionne que l'homme qu'il a devant soi, et qui ne le sépare que d'un degré de dignités ou de la richesse. Cette ambition est très raisonnable ; mais les philosophes ont brusquement rapproché les deux extrêmes en opposant le soldat au général et le manœuvre au propriétaire : ce contre-coup a tout renversé.

Les machines qui remplacent les bras sont bonnes dans les états médiocrement peuplés ; elles sont nuisibles dans ceux qui ont une grande population. Une machine est comme Briarée qui avait cent bras et un seul estomac.

La philosophie a un air de ardiesse qui charme les jeunes gens : elle a une promptitude, une simplicité qui les ravit. La politique leur semble timide, lente et compliquée, les instrumens de la destruction sont si simples ? Un marteau suffit pour abattre une maison.

L'homme ne jouit jamais d'une liberté plénière, mais seulement d'une liberté du second ordre, par exemple : il est bien libre de manger telle ou telle chose, mais il n'est pas libre de ne pas manger du tout.

Le corps politique a un côté main-mortable ; tout y est viager, usufruitier, et voilà pourquoi on disait : *le roi est toujours mineur* et *le domaine inaliénable.*

La nature pour donner la vie assemble les élémens, les unit, et continue à les resserrer pour for-

tifier son ouvrage, enfin ils prennent tant de con-
sistance que le tout devient compacte; mais le jeu
de la machine se ralentit enfin, et la mort commence sous les efforts du principe de la vie : il en
est ainsi dans le corps politique.

Dans le corps politique le gouvernement est le
moyen, et la félicité publique, le but. Mais en démocratie, le moyen et le but étant dans les mêmes
mains, le peuple ne s'occupe que du premier : c'est
l'état de la France : il lui faut un maître.

Si on était sûr d'un gouvernement comme de la
Providence, à son exemple, il faudrait bien qu'il
prît le despotisme.

Le corps politique est une idée multiple, une
idée complexe, il faut bien s'accoutumer à ces sortes d'idées, puisqu'au fond l'homme n'en a pas d'autres. L'homme ne pouvant exister sans la terre, le
corps politique ne peut exister sans la terre et
l'homme. Un cavalier ne peut se concevoir sans le
cheval, et l'équitation ne peut se concevoir sans l'un
et l'autre.

La forme de la bride est forcée par les proportions de l'homme et du cheval, comme la forme du gouvernement est forcée par les proportions du territoire et de la population.

Cette idée du corps politique se complique encore davantage selon les circonstance locales. En Egypte, par exemple, il n'existerait pas sans le Nil; ailleurs sans la mer. Le corps politique étant le mariage de l'homme et de la terre, c'est le gouvernement qui règle et légitime les actes de la souveraineté, et les actes de la souveraineté ne sont autre chose que les mouvemens du corps politique, comme un pontife légitime les fruits des unions entre hommes et femmes, etc.

Les hommes sont la partie mobile du corps politique. La terre en est la partie immobile; elle en est la substance, les hommes n'en sont que la forme. Quand les Hébreux quittèrent l'Egypte, ils ne furent plus dans le désert un corps politique, mais une caravane, un troupeau, une armée, selon l'occurrence. Ne pouvant s'attacher à une terre sablonneuse qui fuyait sous leurs pas, ils contractèrent avec le ciel, et ne devinrent enfin un corps politique qu'en entrant dans la terre promise. Un corps politique de sa nature ne peut être nomade. En Arabie, la terre ne permet pas à l'homme de s'allier avec elle. L'arbre séparé de la terre n'est plus que du bois.

Ce qui ajoute aux difficultés de la politique, c'est qu'un état sans voisins qui aurait à jouir d'une paix perpétuelle, se constituerait de lui-même, tout autrement que celui qui peut être attaqué. Une armée sans chef met de terribles chances dans la formation du corps politique.

Ce qu'on appelle office, emploi, charge, poste, expression qui indique la peine et le travail, tout cela est poursuivi avec acharnement, comme prix ou récompense. La vanité fait encore plus d'heureux que l'avarice. Voilà tout l'artifice de l'ordre social. Sans cette heureuse concurrence d'ambition, on n'aurait ni officiers, ni magistrats, ni même des rois.

En France le corps politique a besoin d'un maître, plus que partout ailleurs. La souveraineté du peuple tuera tous les rois, s'ils continuent d'avoir LE DIADÈME SUR LES YEUX, AU LIEU DE L'AVOIR SUR LE FRONT :

Si Dieu n'était pas fort l'univers n'irait pas.

FIN DES PENSÉES INÉDITES.

N. B. Il se peut que les trois lettres qui suivent, le morceau sur Voltaire et les stances sur la reine, aient paru dans quelques feuilles publiques, mais tout cela ne se trouve pas dans les œuvres de l'auteur, et il est bon de les publier.

LETTRE

A L'ABBÉ DE VILLEFORT, BEAU-FRÈRE DE LA MARQUISE DE VILLEFORT, SOUS-GOUVERNANTE DES ENFANS DE FRANCE, ET DEPUIS CHANOINE DU CHAPITRE ROYAL DE SAINT-DENIS, AUTEUR DE PLUSIEURS ORAISONS FUNÈBRES. — 1800.

———————

Votre lettre, adressée à Londres, mon cher abbé, m'est parvenue à Hambourg. J'ai quitté l'Angleterre pour deux raisons; c'est que d'abord le climat ne me convient pas, et qu'ensuite j'ai besoin d'être sur le continent pour mon dictionnaire de la langue. D'ailleurs, je n'aime pas un pays où il y a plus d'apothicaires que de boulangers, et où l'on ne trouve de fruits mûrs que les pommes cuites. Les Anglaises sont belles, mais elles ont deux bras gauches :

Et la grâce, plus belle encor que la beauté,

a dit notre Lafontaine qui a dit tant de choses; les Françaises doivent trouver ce vers charmant. Paris est mon élément, mon cher Villefort, et je crains bien de ne plus le revoir. Ma santé est pourtant assez bonne; mais la lame use le fourreau, et le physique chez moi n'est plus au niveau du moral. J'approche de la cinquantaine, et dans quelques années, je serai dans cet âge où tout *décède* dans l'homme avant la mort.

Vous me dites que votre pinceau vous fait vivre; il ne faut que cela pour un émigré. Faites donc des *croûtes pour avoir du pain* puisque cela vous réussit; ma plume me rend le même service; *venter largitor ingenii.* Vous avez la bonté de m'appeler *Tacite*; vous avez raison, car il y a long-temps que je me *tais*, comme je l'ai déjà dit.

J'ai trouvé enfin la règle des participes, et celle du placement de l'épithète avant ou après le substantif (1). Excepté un jeune homme que je forme, il se nomme Chênedollé, ceux qui m'entourent ne m'entendent guère, et ce n'est pas tant-pis pour moi. Vous me parlez de mon frère, et vous l'appréciez très-bien, c'est me faire grand plaisir. Le malheureux, après avoir échappé aux boucheries de Robespierre, vient d'être jeté dans les tours du Temple par Bonaparte, et c'est aux missions que le comte d'Avaray lui a fait avoir du roi (2), qu'il

(1) Il est bien malheureux que ce morceau se soit perdu.

(2) Le comte d'Avaray avait de l'honneur, de l'esprit et du cœur; s'il eût vécu à l'époque et dans le cours de la restauration, Louis XVIII sur lequel il avait beaucoup d'influence, n'aurait pas fait toutes les fautes qui nous ont perdus.

Note de l'Editeur.

doit tout cela. Mon frère m'aurait été fort utile pour
mon dictionnaire. Le roi vient de m'envoyer pour
lui un brevet de colonel : cela ressemblerait-il à
ceux que Jacques second donnait à Saint-Germain ?
Le roi m'a fait l'honneur de m'écrire des lettres
aussi honorables que bien écrites, et on est fort
content à Blankenbourg de la correspondance de
mon frère ; mais le malheureux se fera fusiller, car
il ose tout et brave tout.

J'avais prévu que la révolution finirait par le
sabre, et le premier consul sait très bien s'en servir.
Il faut voir à présent jusqu'où le poussera l'enivrement du pouvoir : on se perd souvent pour vouloir aller plus loin que ses espérances, et l'ambition se dévore elle-même. On m'a fait des offres de
grandeur et de fortune si je voulais rentrer en France;
je les ai repoussées : LE ROI EST UN PRINCIPE; on ne
peut s'en écarter.

Adieu, mon cher abbé, je suis et serai toujours
tout à vous. Ecrivez-moi quelquefois, et je vous
répondrai; je ne réponds pas à tout le monde

N. B. La lettre qui suit aurait dû empêcher Chênedollé de
dire des choses aussi sottes que peu gracieuses du frère de
l'auteur, dans un recueil qu'il publia, intitulé l'*Esprit de
Rivarol*. Il connaissait bien toute l'amitié de Rivarol pour son
frère, et il n'aurait pas dû oublier les services qu'ils lui rendirent l'un et l'autre à Hambourg.

Note de l'Éditeur.

LETTRE

A M. DE CHÊNEDOLLÉ, LITTÉRATEUR TRÈS DISTINGUÉ.
1800.

J'ai reçu votre lettre, mon cher Chênedollé, où vous m'exprimez si bien votre attachement et votre reconnaissance. Vous apprendrez à Paris, et cela m'a fait la plus vive peine, que mon frère est dans les tours du Temple : quand il en sortira, si vous le retrouvez, dites-lui de ne plus se mêler de politique, quoiqu'il s'y entende assez bien, et de continuer sa traduction de la Jérusalem délivrée (1). Je fus très content de ses vers, et en effet il a du talent pour la poésie : je lui disais un jour, devant vous, *je vous laisse les vers, laissez-moi la prose ;* il me répondit plaisamment, *je ne vous la dispute pas.* Quelquefois il me blâmait d'avoir publié mon pe—

(1) Le frère de Rivarol avait déjà traduit trois chants de la Jérusalem, et il ne lui reste que les premières strophes et l'épisode d'Olinde et Sophronie : le reste s'est perdu.

tit almanach des grands hommes, qui me fit tant
de sots ennemis, et il vient de m'envoyer un petit
poème très original et très spirituel qui lui en fera
bien autant, c'est *la Prise de l'Hélicon*. Au reste,
quand j'eus publié cet almanach, il se conduisit
très bien à mon égard, et je ne l'oublie pas : il disait à tous ceux qui criaient tant et me menaçaient
tant, *c'est moi qui ai fait votre article, et je suis à vos
ordres*; on le connaissait, et les choses n'allaient
pas plus loin; *calamus gladium timet*. Dites aussi à
mon frère de vous lire, *les Amours de Lysis et de
Thémire dans l'île de Délos*; c'est ce qu'il a fait de
mieux avec le petit poème dont je viens de vous
parler. Il y a aussi de bonnes choses dans sa tragédie, reçue, il y a long-temps, au Théâtre Français,
et le caractère de Guillaume-le-Conquérant, ce héros de votre patrie, est bien tracé.

Berlin, si je n'avais pas vécu si long-temps à
Paris, serait pour moi une ville agréable, et la
charmante reine, qui est toute Française, m'honore
de sa bienveillance : ce qu'on appelle *mon esprit*, lui
plaît beaucoup, et la princesse d'Olgorouki fait
à cet égard chorus avec elle. J'ai trouvé ici un
ami, émigré comme moi, M. de Dampmartin qui
doit rentrer en France; il portera à mon frère tout
ce que j'ai d'inédit; j'aime mieux que tout cela
soit publié en France qu'en Allemagne, et c'est
tout simple.

Allons, mon cher Chênedollé, vous avez du talent pour la poésie, achevez votre poème, et ne

11

soyez pas paresseux comme moi; la paresse a du charme, mais elle est sans profit.

Adieu, je suis et je serai toujours entièrement à vous.

LETTRE

A MADAME LA MARQUISE DE COIGNY, SUR LA MORT DE
LA COMTESSE DE BETHISY. — BRUXELLES, 1793.

———❦———

Cette jeune Bethisy dont votre main légère a tou-
ché en passant le douloureux souvenir, était en
effet un être très rare. Mariée avant de s'être dé-
veloppée, elle est morte avant d'être connue. Elle
est morte à vingt ans, en trente-six heures, avec
un enfant dans le sein, trop persuadée que les
maux de la France étaient sans remède ; ainsi vous
voyez que sa mort a été funeste. Convaincue qu'il
fallait aimer peu de gens et connaître beaucoup de
choses, elle avait de bonne heure concentré ses af-
fections et agrandi ses idées. Son appétit de savoir
s'alliait à un grand goût, et la variété de ses connaissances s'étendait avec ordre et dessin. Dans les
sujets de métaphysique, exercice qu'elle aimait
beaucoup, ses questions abrégeaient les difficultés ;
ses réponses redressaient souvent l'explication.
Ayant d'abord été un peu romanesque, comme

toutes les âmes sensibles , mais ayant tout aussitôt rencontré des gens qui l'avaient désenchantée , elle avait tiré de ce que les femmes appellent un revers, des avantages certains. L'indépendance et la fierté de son caractère , se fondaient dans une mélancolie douce et habituelle ; mais elle trouvait dans son extrême jeunesse et dans sa belle imagination des armes contre cette mélancolie. Combien de gens ont cherché inutilement en amour, ce qu'on trouvait dans sa tendre amitié. D'ailleurs point de superstitions , quoiqu'il lui eût été facile d'être une sainte Thérèse ; point d'égaremens , quoiqu'elle eût l'âme d'Héloïse. Environnée d'esprit et d'intérêts différens , tel se croyait en état de l'admirer qui ne savait que l'aimer, et tel autre l'aimait qui ne croyait que l'admirer. Voilà une faible esquisse de ce que le monde a perdu , et n'oubliez pas que cette perte se fit cruellement sentir au milieu de tant de grandes pertes.

SUR VOLTAIRE.

Lorsque Voltaire arriva à Paris, toutes les proportions changèrent dans notre littérature. Les colosses devinrent des pygmées, et le reste fut invisible.

La poésie doit toujours parler par images, comme chez les enfans et les sauvages, toujours peignant, toujours décrivant, Voltaire a dit,

> Le *cordonnier* qui vient de ma chaussure,
> Prendre à genoux la forme et la mesure,

il fallait l'*artisan*.

Voltaire et les philosophes du jour, ne comprirent pas que c'est pour fonder et défendre une religion qu'il faut de l'esprit, et qu'il n'en faut pas pour l'attaquer. On connaît leur refrain monstrueux, *écrasez l'infâme*.

Le vers tant répété de Voltaire par les écoliers et les recruteurs,

> Le premier qui *fut* roi *fut* un soldat heureux,

n'est pas français ; il fallait,

> Le premier qui fut roi, c'est un soldat heureux,

ou en changeant la rime,

> C'est un soldat heureux qui fut le premier roi.

Avec son principe qu'*il faut frapper fort plutôt que juste*, on peut faire des tours de force et surprendre des succès, mais cette pratique est fausse, et a fait de mauvais écoliers. Comment dans son Œdipe Jocaste peut-elle dire,

> Les prêtres ne sont pas ce qu'un vain peuple pense ;
> Notre crédulité fait toute leur science ;

elle qui a été assez crédule pour exposer son fils sur la foi d'un oracle ? et qu'aurait-elle dit si Œdipe lui eût fait cette réponse ?

Il s'en faut bien que Voltaire dans sa Correspondance offre quelques unes de ces charmantes formes de style dont madame de Sévigné fourmille. Quand il ne se soigne pas, il est lâche et même incorrect ; il s'élève sans être sublime, s'abandonne sans être original, mais il a souvent de la grâce.

Tantôt Voltaire relève son siècle, et tantôt il le traite avec le dernier mépris. Tantôt il se plaint des

entraves qu'on met à la liberté de la presse ; tantôt
il déclame contre cette foule de rêves, de systèmes
en physique et en politique, d'opinions extrava-
gantes, de paradoxes, d'ennuyeux drames qu'en-
fantent la liberté et la fureur d'écrire : souvent il
accuse Corneille de ne faire que raisonner, et Racine de ne dialoguer que des sentimens : quelquefois, il s'accuse lui-même d'avoir trop sacrifié à
l'action, au mouvement, aux coups de théâtre, au
merveilleux, à l'invraisemblable, et d'avoir ainsi
ouvert la porte à des successeurs sans talent qui
l'ont trop imité, et qu'applaudit un public que lui-
même a corrompu. Son mot, *il faut frapper fort plutôt que juste*, est donc une véritable hérésie en littérature.

Voltaire se plaignait beaucoup vers la fin de sa
vie, de l'engouement de Paris pour l'Opéra, et de
l'ascendant que la musique prenait sur sa prose et
ses vers : il ne réfléchissait pas assez sur l'homme
qui de sa nature préfère les sensations aux idées.

Voltaire n'a presque jamais rien écrit de rare ;
son sublime est presque toujours d'emprunt. La
réponse de Mahomet à Zopire est de la maréchale
d'Ancre, et celle de Gusman dans Alzire est du duc
de Guise. Ce ne sont pas là les élans de Corneille,
et les beaux vers de Racine inconnus jusqu'à eux,
et qui seront admirés et pillés de siècle en siècle ;
mais Voltaire est à l'abri du vol, tandis qu'on n'é-
tait pas à l'abri des siens.

Je ne serais pas étonné, d'après les principes voltairiens et révolutionnaires qui ont perverti notre malheureuse nation, qu'une foule d'écrivains, et cela se fait déjà sentir, ne fissent des ouvrages où le bon sens, la morale et le goût seront également pervertis. On aura des romans, des drames monstrueux, des tragédies où l'horreur remplacera la terreur, des poèmes qui n'auront ni commencement, ni milieu, ni fin, où tout sera sacrifié à l'innovation dans le style, à la bizarrerie dans les idées, et où notre belle langue sera défigurée, ou pour mieux dire dénaturée : enfin, il en sera de la littérature comme des mœurs, et l'esprit sera aussi révolté que le cœur.

On me fit lire à Hambourg une esquisse sur *le Génie du Christianisme*, imprimée à Londres, qui annonce un ouvrage plus complet et plus étendu. Il y a du Fénélon et du Bossuet dans cette esquisse, et l'auteur qui est jeune encore, nous promet un homme religieux, et un grand écrivain (1).

(1) On voit que Rivarol avait bien deviné M. de Chateaubriand.

                                    Note de l'Editeur.

LA REINE A LA CONCIERGERIE.

Londres, 1793.

STANCES.

Veuve et mère, au midi de mes tristes années,
Levant mes yeux éteints vers la divinité,
Mes yeux ! car sans pitié mes mains sont enchaînées,
    Je meurs dans la captivité :

Je meurs ; et dans ces lieux où l'horreur m'environne,
Tout a passé pour moi, le temps seul est resté ;
Il verra mes cheveux sur mon front sans couronne,
    Blanchir dans ma captivité.

Rends-moi mes deux enfans, ô peuple sans clémence !
Du destin de leur mère ils n'ont point hérité ;
Je te pardonne tout : permets que leur enfance
    Console ma captivité.

Mais tout est sourd pour moi ; l'univers m'abandonne
Dans l'ombre d'un séjour par le crime habité ;
La fille des Césars tombe du haut d'un trône,
    Et périt en captivité.

Dieu ! quand pourrai-je voir cette fille si chère ;
Ce fils de tant de rois que mes flancs ont porté :
Parmi tant de français n'est-il pas une mère,
    Qui songe à ma captivité.

Je n'aperçois ici qu'une garde inhumaine,
Et dans chaque regard qu'un forfait médité;
Au-delà de ces murs qu'une pitié lointaine,
　　Pour ma triste captivité.

Quelquefois au sommeil si ma douleur succombe,
Ciel! quel jour s'offre à moi, quelle affreuse clarté!
Quel fantôme s'agite, et soulevant sa tombe,
　　Vient troubler ma captivité :

C'est mon époux, c'est lui; j'entends sa voix plaintive...
D'où viens-tu, cher époux, dans ce lieu détesté?
Mais je lui parle en vain, son ombre fugitive,
　　Me laisse à ma captivité.

Rivarol défendit noblement et avec justice notre malheureuse reine dans son journal politique national en 1789, lorsque tant de monstrueux calomniateurs l'attaquaient sans relâche. Son admirable et infortunée fille, cet ange de la terre avant qu'elle le soit du ciel, n'a-t-elle pas été en butte à des calomnies aussi absurdes que révoltantes dans notre dernière révolution? O Français! quel peuple êtes-vous? Le général frère de Rivarol fit le quatrain suivant en 1820, pour mettre au bas du portrait de cette auguste princesse.

On la voit tous les jours avec un zèle ardent,
Élever un cœur pur vers le ciel qui l'attend,
Secourir le malheur, protéger l'innocence,
Et faire son bonheur du bonheur de la France.
　　　　　　　　　　　Note de l'Editeur.

N. B. Le traité qui suit sur *la Philosophie moderne* est extrait de l'ouvrage sur *les Facultés intellectuelles et morales* de l'homme, imprimé à Hambourg, en 1797, qui se trouve aussi dans la collection des œuvres de l'auteur, publiées à Paris, en 1808.

DE LA PHILOSOPHIE MODERNE.

———◆———

Quand les hommes s'égorgent au nom de quelques principes philosophiques ou politiques, lorsqu'ils font, pour établir la domination de leurs dogmes, tout ce que des fanatiques ont osé pour les leurs, alors, quoiqu'ils bornent leur empire à la vie présente, il n'en est pas moins certain que leur philosophie a son fanatisme; et c'est une vérité dont les prétendus sages du siècle ne se sont pas doutés. Ils sont morts : la plupart d'entr'eux avaient des vertus, mais pour avoir cru que le fanatisme était exclusivement le fruit des idées religieuses, pour avoir méconnu la nature de l'homme et des corps politiques, pour avoir ignoré le poison des germes qu'ils semaient, une effrayante complicité pèse sur leur tombe, et déjà leur épitaphe se mêle à celle d'un grand empire, à celle de deux républiques, à celle des plus florissantes colonies.

Les voilà donc au fond de leurs tombeaux, devenus, à leur insçu, les pères d'une famille de philosophes qui ont pris, en leur nom et sous leur étendard, la nouveauté pour principe, la destruc-

tion pour moyen, et une révolution pour principe; qui se sont armés des passions du peuple,
en même temps que le peuple s'armait de leurs
maximes; et dans ce troc périlleux des théories,
de l'esprit et des pratiques de l'ignorance, des
subtilités des chefs et des brutalités des satellites, on les a vus tour-à-tour s'enivrer de popula-
rité et de souveraincté, jusqu'à ce qu'enfin de cet
accouplement des philosophes et de la classe du
peuple, il soit sorti une nouvelle secte, forte des
argumens de l'une et de la massue de l'autre, mais
également redoutables à tous deux; monstre inex-
plicable, nouveau Sphinx qui s'est assis aux portes
d'une ville déjà malade de la peste, pour ne lui
proposer que des énigmes et le trépas. « Le genre
humain a-t-il souffert de toutes les guerres du fanatisme religieux, autant que de ce premier essai
du fanatisme philosophique? » C'est le dernier problème du monstre : il s'est gravé dans la mémoire
du monde épouvanté, et la postérité le résoudra
en gémissant. Comment pourrais-je passer sous
silence une des plus grandes plaies dont le genre
humain ait encore été frappé? Et quand on songe
que c'est par la main des philosophes, comment
pourrait-on ne pas chercher à définir cette nouvelle et désastreuse philosophie?

On a de tout temps divisé la philosophie en deux
branches : celle qui s'occupe de l'étude de la nature, et qui comprend la physique, la chimie,
l'histoire naturelle et l'astronomie; et celle qui

n'étudie que la partie morale et intellectuelle de l'homme. Dans l'une et l'autre de ces divisions, la philosophie cherche et trouve toujours de nouvelles raisons d'admirer la nature ; et de nouveaux moyens d'être utile aux hommes. Si la philosophie ne s'était pas écartée de cette honorable mission, elle eût contribué au perfectionnement de l'homme, au repos et à la gloire du monde ; et son nom, garant, souvenir et augure de bonheur, serait le plus doux espoir du genre humain. Mais il est de l'essence de la philosophie actuelle d'agrandir les esprits rares, et d'enhardir les âmes vulgaires ; d'exciter une admiration éclairée dans les uns, et une audace aveugle dans les autres. Semblable au métier de la guerre qui se change en théorie dans la tête du vrai guerrier, et devient la science protectrice des empires, tandis qu'il n'est pour le commun des hommes qu'une école de barbarie et de brigandage : la philosophie a donc eu le malheur d'enfanter des esprits orgueilleux dont les excès ont déshonoré son nom.

On entend aujourd'hui par *philosophe*, non l'homme qui apprend le grand art de maîtriser ses passions ou d'augmenter ses lumières, mais celui qui joint à l'esprit d'indépendance, le despotisme de ses décisions : qui doute de tout ce qui est, et qui affirme tout ce qu'il dit ; l'homme enfin qui secoue des préjugés sans acquérir des vertus. Il est résulté de là, qu'un physicien du premier ordre, mais religieux, tel que Pascal ou Newton, n'était pas phi-

losophe , et qu'un ignorant hardi était un vrai phí-
losophe. Cette conséquence n'a pas étonné le siècle.
Comme c'est éminemment l'esprit d'analyse qui
domine dans la philosophie , ses nouveaux disciples ont employé partout les dissolvans et les dé-
compositions. Dans la physique , ils n'ont trouvé
que des objections contre l'auteur de la nature;
dans la métaphysique que doute, subtilités : la morale et la logique ne leur ont fourni que des déclamations contre l'ordre politique , contre les idées
religieuses et contre les lois de la propriété : ils
n'ont pas aspiré à moins qu'à la reconstruction du
tout, par la révolte contre tout ; et sans songer qu'ils
étaient eux-mêmes dans le monde , ils ont renversé les colonnes du monde. Comment n'ont-ils
pas vu que leurs analyses étaient des méthodes de
l'esprit humain, et non un moyen de la nature?
Que , dans cette nature , tout est rapport , proportion, harmonie et agrégation; qu'elle lie, rassemble
et compose toujours , même en décomposant; car
ses lois ne dorment jamais; tandis que l'homme
qui analyse , soit comme chimiste, soit comme raisonneur , ne peut qu'observer et suspendre , dé-
composer et tuer. Que dire d'un architecte qui,
chargé d'élever un édifice , briserait les pierres,
pour y trouver des sels , de l'air et une base ter-
reuse, et qui nous offrirait ainsi une analyse au lieu
d'une maison? Le prisme qui dissèque la lumière,
gâte à nos yeux le spectacle de la nature.

Ils ont donc constamment abusé de l'instrument

le plus délié de l'esprit humain, je veux dire de l'analyse ou de la métaphysique. Ils n'ont pas senti que les vérités sont harmoniques, et qu'il n'est permis de les présenter que dans leur ordre : que si on dit aux hommes, *vous êtes égaux, puisque vous êtes semblables*, c'est une vérité purement anatomique ; que si on leur dit, *vous êtes frères*, c'est une vérité religieuse : que si enfin on les voit inégaux par les talens, les emplois, la force et la fortune, plus sensibles aux injures qu'aux bienfaits, et plutôt rivaux que frères et amis, on ne sort pas de l'état naturel, ou de l'ordre politique. Annuler les différences, c'est confusion ; déplacer les vérités, c'est erreur ; changer l'ordre, c'est désordre. La vraie philosophie est d'être astronome en astronomie, chimiste en chimie, et politique dans la politique.

Ils ont cru pourtant ces philosophes, que définir les hommes, c'était plus que les réunir ; que les émanciper, c'était plus que les gouverner, et qu'enfin les soulever, c'était plus que les rendre heureux. Ils ont renversé des états pour les régénérer, et disséqué des hommes vivans pour les mieux connaître.

C'est en vain que Platon (car la Grèce avait souffert aussi des débordemens de cette philosophie) leur avait dit que ce n'était point à eux à faire des vers et de la musique, mais d'en parler ; puisque leur philosophie était discoureuse. C'est en vain que Zénon avait prononcé que le vrai philosophe n'est qu'un bon acteur, également propre au rôle de roi et de sujet, de maître et d'esclave : car en effet, il est de la vraie philosophie de faire tout bien, et non de trouver tout mal. C'est en vain, dis-je, que les hommes étaient bien avertis sur la nature et la différence des deux philosophies : il s'est fait de nos jours dans toutes les têtes un changement qui a préparé la révolution dont les philosophes ont été brusquement promoteurs, guides et victimes ; révolution dans laquelle ils ont pensé qu'on pouvait dénaturer tout sans rien détruire, ou tout détruire sans péril, et hasarder le genre humain sans crime.

Dans le monde, on se moquait jadis des philosophes, qui se moquaient à leur tour de tout ce que le monde adore ; qui affectaient le mépris des richesses, qui gourmandaient toutes les passions, qui démontraient le vide des grandeurs, et on se moquait d'eux par la même raison que nos philosophes se moquent des cultes, parce qu'on n'y croyait pas.

Mais si les anciens philosophes cherchaient le souverain bien, les nouveaux n'ont cherché que le souverain pouvoir. Aussi le monde s'est-il d'abord accommodé de cette philosophie qui s'accommodait de toutes les passions. Elle avait un air d'audace et de hauteur qui charma la jeunesse et dompta l'âge mûr ; une promptitude et une simplicité qui enlevèrent tous les suffrages et renversèrent toutes les résistances : les instrumens de la destruction sont en effet si simples ! et comme ces philosophes semblaient avoir le privilége de la liberté et des lumiè-

res; qu'ils honoraient ou flétrissaient à leur choix,
inscrivaient ou rayaient dans leur liste les grands
hommes de tous les siècles, selon qu'ils les trouvaient favorables ou contraires à leur plan, ils cap-
tèrent, engagèrent et compromirent si bien l'a-
mour-propre du public, des administrateurs, des
courtisans et des rois eux-mêmes, (1) qu'il fallut se
ranger sous leur enseigne pour faire cause commune avec la raison. On se ligua donc avec eux contre le joug sacré de la religion, contre les délicatesses
de la morale, contre les lenteurs et les précautions
de la politique et de l'expérience, en un mot, contre l'ancien monde; et la philosophie ne fut plus dis-
tinguée de la mode.

On se souvient de la folle joie des philosophes,
en voyant le succès de leurs livres, la foule des con-
versions et l'unanimité des suffrages : ils en furent
éblouis au point de croire qu'à leur voix les peuples se mettraient en mouvement, comme les pierres de Thèbes aux accens d'Amphion. Ils ne virent
pas que les applaudissemens leur venaient de l'ordre qui existait encore tout entier, et que c'était de
tous les rangs de la société que partaient les suffrages. Quand on représente le chaos sur nos théâtres,
les loges retentissent d'applaudissemens; mais l'auteur de la pièce ne conclut pas de son succès, qu'on

_____

(1) Le Grand Frédéric articule expressément *la souveraineté
du peuple* dans son anti-Machiavel.

Note de l'Editeur.

ne saurait trop vite porter le chaos, la mort et le néant dans le monde.

C'est pourtant ce qu'ont tenté et exécuté les philosophes. Au lieu de laisser bondir la chimère dans le vide, ils ont dit : « Puisque nous tenons la puissance, réalisons la chimère; bâtissons entre les tombeaux des pères et les berceaux des enfans; plaçons nos espérances sur d'autres générations; que notre amour soit pour le futur et l'inconnu, et notre protection pour l'univers; notre haine et nos anathèmes pour nos contemporains, et pour le sol que nous foulons. Périssent nos colonies, périsse le monde, plutôt qu'un seul de nos principes; guerre aux châteaux ! c'est-à-dire *à l'or*; paix aux chaumières, c'est-à-dire, *oubli*. » Voilà leurs paroles; voilà l'esprit, le cœur, la doctrine et les oracles de ces amis de l'homme ! Tuteurs hypocrites, ils ont aimé les pauvres et les nègres, de toute leur haine pour les blancs et les riches. Législateurs cosmopolites, ils ont ri des droits de la propriété, des alarmes de la morale, des douleurs de la religion et des cris de l'humanité... et combien de coups ils ont portés à cette triste humanité qui ne retentiront que dans la postérité !

Mais leur rire n'a pas duré : la secte qu'ils ont enfantée, les a d'abord écrasés sous la conséquence de leurs principes : *hélas!* s'est écrié l'un d'eux, en se donnant la mort, *nous n'avons trouvé qu'un labyrinthe au fond d'un abîme* (1)! Les autres ont péri

(1) Mot remarquable du girondin Guadet.

sur l'échafaud, et leurs cendres trempent dans les larmes et le sang d'un million de victimes. Quelques uns plus infortunés peut-être, promènent dans l'Europe des douleurs sans remords, car tout fanatique vit et meurt sans remords; ils redemandent leur proie ou quelque nouvelle terre à régénérer; ils ne conçoivent pas l'atroce méprise de leurs prosélytes : *Comment, s'écrient-ils, nos disciples et nos satellites sont-ils devenus nos bourreaux !*

C'est, leur a déjà répondu l'homme qui a le mieux peint les démons et l'enfer, Milton, c'est que vous construisiez dans l'empire de l'anarchie un pont sur le chaos; mais quand il a fallu passer, des monstres vous en ont disputé l'abord : épouvantés de cette apparition, vous avez reculé, et les monstres vous ont dit, *pourquoi reculer? vous êtes nos pères* (1).

Il est triste sans doute que de telles images ne soient que les pâles copies de tout ce que le monde voit et endure, et je ne peux me défendre ici d'observer combien les Rousseau, les Helvétius, les Diderot, les d'Alembert, les Voltaire, sont morts à propos. En nous quittant à la veille de nos malheurs, ils ont emporté les suffrages du siècle; ils n'ont pas à gémir de la révolution qu'ils ont préparée; ils n'ont pas à rougir des hommages de la

_____

(1) L'auteur avait dit, *tout constituant est gros d'un jacobin.* Hélas! et dans ce moment on veut des constitutions partout.
Note de l'Éditeur.

Convention. S'ils vivaient encore, ils seraient exé-
crés par les victimes qui les ont loués, et massa-
crés par les bourreaux qui les déifient.

Le plus éloquent de ces esprits forts a dit que
les enfans étaient nécessairement de petits philosophes : il faut alors que les philosophes soient
nécessairement de grands enfans. Mais Hobbes a
fort bien prouvé que le méchant n'était qu'un enfant robuste : donc nos philosophes sont des méchans. « Nous ferons tomber, disaient-ils, les différences nationales par le commerce ; les limites
politiques par la philantropie ; les rangs et les conditions par l'égalité ; les gouvernemens par la liberté, et toutes les religions par l'incrédulité. La
philosophie n'a pour sceptre qu'un flambeau, et
les grandes familles du genre humain marcheront
à sa lumière ».

Mais la nature éternelle des choses s'est d'abord
opposée à de si vastes intentions. Les lumières
s'élèvent et ne se répandent point : elles gagnent en
hauteur et non pas en surface : elles se font connaître au vulgaire par de plus nombreux résultats,
jamais par leurs théories ; et semblables à la providence, les arts s'entourent de plus de bienfaits,
sans rien diminuer de leur difficulté : au contraire
c'est toujours de plus haut qu'ils versent la lumière,
aussi la science qui s'élève trop, est-elle enfin traitée comme la magie ; admirée à proportion qu'on
l'ignore. Les aérostats n'ont rien fait soupçonner
au vulgaire sur la théorie des airs ; les paratonner-

res, rien sur l'électricité; les pendules, rien sur les lois du mouvement; enfin, les découvertes de la géométrie n'ont pas tiré le peuple des quatre règles de l'arithmétique, et l'almanach n'apprend l'astronomie à personne. Il est donc certain qu'à mesure qu'elle s'élève, la science échappe au vulgaire : c'est donc le progrès en concentration, et non l'expansion des lumières, qui doit être l'objet des bons esprits; car malgré les efforts d'un siècle philosophique, les empires les plus civilisés seront toujours aussi près de la barbarie que l'acier poli l'est de la rouille : les nations comme les métaux, n'ont de brillant que leur surface. Le peuple repousse ou adopte les méthodes des savans, comme il en adopterait d'opposées; toujours sans conviction, il ne donne aux vérités, comme aux erreurs, que le suffrage de l'imitation, l'obéissance de la séduction et l'enthousiasme de la nouveauté. L'homme instruit est fondé à penser et à dire du peuple, ce que celui-ci ne peut ni penser ni dire de lui; car il connaît le peuple et le peuple ne le connaît pas. Il faut donc consulter le savant sur le peuple, et non le peuple sur le savant. La volonté du peuple peut être de brûler les bibliothèques publiques ou les cabinets d'histoire naturelle; mais la volonté du savant ne sera jamais de détruire les ateliers et les magasins du peuple.

On peut poser comme principe, qu'il y a dans ce monde un consentement tacite donné par l'ignorant et le faible à la science et à la puissance; et les philosophes le savaient bien : mais ils ont cru que le savoir et le pouvoir ne se quitteraient pas, et que l'artillerie et l'imprimerie seraient toujours dans les mêmes mains. L'expérience les a cruellement détrompés : du jour où le philosophe Robespierre eut la puissance, il opprima la science. Ses meurtriers abhorrent son nom, mais ils adorent ses principes, et vivent encore de ses crimes. Le monde est toujours menacé d'une de ces intercadences de lumières si funeste au genre-humain; époque de projets interrompus, d'empires renouvelés, d'hommes nouveaux, et de superstitions inconnues : malheureux temps où la barbarie qui détruit se mêle à la subtilité qui projette; où les antiques monumens des arts s'allient aux emblêmes bizarres et fugitifs de la nouveauté; où les souvenirs sont si tristes et les espérances si lointaines; où l'homme de bien gémit également et sur tout ce qui tombe et sur tout ce qui s'élève. L'ignorance des sauvages et leur barbarie sans mélange n'offre pas de si désolantes images. Dans l'hiver, la nature engourdie ne craint pas les ravages des torrens; mais au temps des moissons, ils la surprennent chargée des richesses de l'année. La révolution avait trouvé les sciences et les arts dans l'état le plus florissant.

La philosophie étant le fruit de longues méditations, et le résultat de la vie entière, ne doit ni ne peut être présentée au peuple qui est au début de la vie. Les paysans, par exemple, sont chargés du premier travail du corps politique : nous le répé-

tons, si avec nos lumières, nous avions leurs peines ;
et si avec leurs peines, ils avaient nos lumières, ils
ne voudraient plus travailler, et nous ne voudrions
plus vivre. Enfin, il y aura toujours pour le peuple sept jours dans la semaine ; six pour le travail
et un pour le repos et la religion : rien pour la philosophie. Voltaire disait, *plus les hommes seront éclai-*
rés plus ils seront libres ; ses successeurs ont dit au
peuple, *que plus il serait libre, plus il serait éclairé* ;
ce qui a tout perdu.

L'égalité indéfinie parmi les hommes, étant un
des rêves les plus extraordinaires de cette philosophie, mérite ici quelque sérieuse attention.

Au lieu de statuer que la loi serait égale pour
tous les hommes, on décréta que les hommes étaient
naturellement égaux, sans restriction, mais il y a
une chose dont on ne pourra jamais décréter l'é-
galité : ce sont les talens, les conditions, les rangs
et les fortunes. S'ils eussent dit que toutes les conditions sont égales, on se serait moqué d'eux ; ils
ne décrétèrent donc que l'égalité des hommes ; préférant ainsi le danger au ridicule ; je dis le danger,
car les hommes étant déclarés égaux, et les conditions restant inégales, il devait en résulter un choc
épouvantable. Heureusement que les décrets des
philosophes ne sont pas des lois de la nature : elle
a voulu des hommes inégaux avec des conditions
et des formes inégales, comme nous voulons des
anneaux inégaux pour des doigts inégaux ; d'où ré-

sulte l'harmonie générale (1). C'est ainsi qu'en géométrie la parité résulte des impairs avec les impairs; tandis que des impairs avec des pairs, ne
produiraient que des impairs. Qu'importe donc
aux hommes d'être déclarés égaux, si les conditions doivent rester inégales? Il faut, au contraire,
se réjouir quand on voit des hommes très bornés
dans des conditions très basses; comme il faudrait
s'affliger, si la loi portait des brutes dans les grands
emplois, et repoussait l'homme de génie vers les
professions serviles et mécaniques. L'inégalité est
donc l'âme des corps politiques, la cause efficiente
des mouvemens réguliers et de l'ordre.

C'est que les philosophes ont confondu l'égalité
avec la ressemblance. Les hommes naissent en effet semblables, mais non pas égaux. Or, c'est la
ressemblance qui est la base de toute charité, de
toute bonté, et même de toute politesse parmi les
hommes; car si notre prochain n'est pas toujours
notre égal, il est toujours notre semblable. Suppo-
sons, par exemple, qu'un paysan tombé dans un
précipice, crie à un passant; *secourez votre sembla-*
ble; il est indubitable que le passant fût-il prince,
volera à son secours. Mais si le paysan criait, *se-*
courez votre égal; le passant serait tenté de lui ré-

(1) L'égalité absolue est si absurde, que même les échecs,
le piquet et tous les jeux possibles n'existeraient pas, si toutes
les pièces et les cartes avaient la même valeur. Que serait une
armée sans chefs? Point d'état social sans hiérarchie.

Note de l'Editeur.

pondre, *attendez votre égal*. Ainsi, les hommes et les rangs étant inégaux, l'inégalité est le fondement de la politique ; et les hommes étant semblables et soumis aux mêmes infirmités, la ressemblance est le fondement de l'humanité. Mais *l'égalité* dissout à la fois et la politique et l'humanité ; elle ébranle donc l'ordre social dans ses deux bases fondamentales. Au reste, ce sophisme, quoiqu'il ait produit des maux infinis, n'a fait illusion à personne. Si on dit à quelque satellite de la révolution : *tu n'es pas mon semblable et mon prochain*, il rit ; mais si on lui dit, *tu n'es pas mon égal*, il vous massacre. C'est qu'il croit à la ressemblance qui le frappe, et qui n'a pas besoin d'être prouvée ; et que ne croyant pas à l'égalité, il veut l'établir par la violence.

Observez que si les hommes sont naturellement inégaux, la loi les suppose pourtant égaux : elle soumet leur inégalité à sa mesure, leurs préjugés à son jugement, et leurs passions à son impartialité. Si les hommes naissaient égaux, on n'aurait pas besoin de lois pour les déclarer tels : aucun tribunal n'a encore proclamé que les hommes sont mortels.

Non seulement les philosophes ne pourraient pas fonder un corps social avec le dogme de l'égalité, mais ils ne sauraient même faire un drame, qui n'est qu'une faible image de la vie. N'oublions jamais que tout principe dont on ne peut, ou dont on n'ose tirer les conséquences, n'est pas un principe. Aussi, pour avoir perverti les idées, il s'est

trouvé que la langue s'est brusquement défigurée
sous leurs yeux : de l'ordre intellectuel où ils s'é-
taient retranchés pour y régner, ils ont été préci-
pités dans les vagues des passions populaires. Les
mots abstraits qu'ils avaient jetés au peuple, comme
monnaie de cours, sont devenus les instrumens du
sophisme et de la fourberie, et les expressions de
la philantropie n'ont fourni des armes qu'à la barbarie et au fanatisme.

Les philosophes ont pu dire alors comme dans
Tartufe, *nous leur avons appris à n'avoir d'affection
pour rien.* En effet, le vice radical de la philosophie, c'est de ne pouvoir parler au cœur. On a
souvent comparé l'âme au feu; mais l'esprit n'a que
la clarté; la chaleur est dans le cœur : l'esprit ne
peut donc qu'éclairer les objets; le cœur seul les
pénètre et se les identifie. De là vient que la morale qui parle au cœur, a si peu d'obligations à
l'esprit philosophique. La conscience ne fait pas
des découvertes : le vice et la vertu sont ses deux
pôles, elle y touche à chaque instant. Les anciens
voulaient de la morale pour tout le monde, et gar-
daient les mystères de leurs théories pour leurs
disciples; les modernes ont voulu de la philosophie pour tous, et de la morale pour personne.

Aussi, une religion, même la plus mal conçue,
est-elle infiniment plus favorable à l'ordre politique, et plus conforme à la nature humaine en général, que la philosophie; parce qu'elle ne dit pas
à l'homme d'aimer Dieu de tout son esprit, mais

de tout son cœur : elle nous prend par ce côté sensible et vaste qui est à peu près le même dans tous les individus, et non par le côté raisonneur, inégal et borné qu'on appelle *esprit*. Quand on ne considérerait les religions que comme des superstitions fixes, elles n'en seraient pas moins les bienfaitrices du genre humain; car il y a dans le cœur de l'homme une fibre religieuse que rien ne peut extirper, et que toujours l'espérance et la crainte solliciteront. La superstition vague ne produirait que des malheurs : c'est une faiblesse que la fixité change en force. Les métaux sont répandus sur toute la terre; chaque état les marque à son coin; ce qui produit le sentiment de confiance attaché à la fixité : ainsi, la superstition est partout; chaque peuple la marque à son coin et la fixe; et ce que tant de religions ont de commun entr'elles, de bon et d'admirable, c'est le sentiment qu'elles entretiennent, c'est le rapport de l'homme à Dieu. Si par un heureux concours de causes trop rares, il s'établissait un culte plus universel sur la terre, le genre humain devrait s'en féliciter, comme il le ferait d'une monnaie et de toute mesure plus universelle. Il n'y a de bon que l'unité et la fixité; de nuisible que l'innovation et la versatilité. L'opinion publique dont les philosophes ont fait de nos jours un si grand épouvantail pour les gouvernemens, ne réside en effet que dans le public, cette portion oisive, inquiète et changeante des corps politiques, qui se fait tour-à-tour impie ou dévote pour em-

barrasser son gouvernement : les opinions du
peuple sont paisibles, universelles et toujours par-
tagées par le gouvernement : qu'elles soient des ju-
gemens ou des préjugés, n'importe ; elles sont
bonnes puisqu'elles sont fixes et voilà pourquoi
les mœurs (1) suppléent si bien aux lois. Dans le
conflit des idées, des plans et des projets qu'en-
fantent les hommes, là victoire ne s'appelle pas
vérité, mais fixité. C'est donc une décision et non
un raisonnement, des autorités et non des démonstrations qu'il faut aux peuples. Le génie, en
politique, consiste, non à créer, mais à conserver ;
non à changer, mais à fixer ; il consiste enfin à suppléer aux vérités par des maximes ; car ce n'est pas
la meilleure loi qui est la bonne, mais la plus fixe.
Voyez les opinions philosophiques ; elles passent
tour-à-tour sur la meule du temps, qui leur donne
d'abord du tranchant et de l'éclat, et qui finit par
les user. Voyez tous ces éclatans fondateurs de
tant de sectes ! Leurs théories sont à peine comp-
tées parmi les rêves de l'esprit humain ; et leurs
systèmes ne sont que des variétés dans une histoire qui varie toujours.

Les anciens ayant donné des passions à leurs
dieux, imaginèrent le destin qui était irrévocable,
inexorable, impassible ; afin que l'univers ayant
une base fixe, ne fût pas bouleversé par les passions des Dieux. Jupiter consultait le livre du des-

(1) Mœurs, *chose fixe*, d'où *mora*, *mos*.

tin, et l'opposait également aux prières des hommes, aux intrigues des dieux, et à ses propres penchans en faveur des uns et des autres. La nécessité étant le résultat des lois du mouvement qui s'accomplissent toujours, ne peut être que bonne : si elle eût été un mal, le monde eût d'abord fini.

Les jeunes gens sont loin de sentir qu'en politique, il n'y a de légitime que ce qui est stable ; qu'une loi connue et éprouvée vaut mieux qu'une loi nouvelle qui paraît meilleure, et que l'autorité ne fait pas de démonstrations, mais des décrets : ils sont loin sur-tout de penser, comme Socrate mourant, que les lois ne sont pas sacrées parce qu'elles sont justes, mais parce qu'elles émanent du souverain.

C'est ici, puisque tant de destructions laissent à découvert les fondemens antiques de la religion et de la justice, qu'il faut en avouer franchement le principe, et justifier ces deux premiers besoins de l'ordre social et politique : la révolution et la philosophie du siècle m'en font un devoir et une nécessité. Mais je ne parlerai en général que le langage de la raison humaine, dénuée des CERTITUDES DE LA FOI ET DES CLARTÉS DE LA RÉVÉLATION.

Ce monde roule tout entier sur deux ordres de causes et d'effets ; l'ordre physique et l'ordre moral ; le premier parle aux sens, se fonde sur l'observation des phénomènes et se prouve par le calcul : le second parle à la conscience, et ne considère que le côté moral de nos actions.

Dieu est toujours présent dans l'ordre physique
de l'univers : ses lois s'accomplissent éternellement d'une manière éclatante et fixe. Dieu ne nous
apparaît jamais pour nous dire qu'il a fait les lois
du mouvement, et qu'il ordonne d'y obéir ; qu'il
ne faut ni se blesser, ni se noyer ; qu'on périt faute
de prudence ou de vigueur, etc. : mais pour nous
annoncer qu'il faut être humain , juste et bienfai-
sant ; pour nous proposer, en un mot, l'ordre, la
règle et le bonheur, l'attrait de la vertu et la haine
du vice , sous l'appareil des plus hautes récom-
penses , et des peines les plus effroyables dans une
vie à venir.

En effet, si je tombe de ma fenêtre dans la rue,
le poids de mon corps, la hauteur de ma chute , la
fragilité de mes membres et la dureté du pavé,
tout est calculé, et j'ai le corps froissé ou brisé : la
nature est là avec ses lois éternelles , et je suis ir-
rémissiblement puni de ma faute. Que je me trompe
sur une manœuvre, sur une liqueur, sur une plante
inconnue ; je fais naufrage, j'égare ma raison, je
perds la vie. Mais si je mens , ma langue ne se glace
pas dans ma bouche ; si je lève ma main en justice, pour un faux témoignage, mon bras n'est pas
frappé de paralysie ; enfin , si je massacre mon
prochain , je ne suis pas foudroyé.

Il résulte de là deux vérités : l'une, que Dieu
ne punit que les fautes ; mais qu'il les punit infail-
liblement.

L'autre, qu'il abandonne le châtiment des crimes à la justice humaine et à la religion.

Car les fautes sont toujours des défauts de prévoyance ou de calcul contre l'ordre et les lois physiques du monde ; et les crimes sont des attentats
contre l'ordre moral. Mais les gouvernemens qui ne
punissent pas les crimes, commettent la plus grande
des fautes ; et c'est ainsi qu'ils tombent sous la main
de celui qui punit toujours les fautes. L'Europe
offre un mémorable exemple de cette vérité.

S'il faut, pour entretenir l'ordre physique du
monde, que la nature punisse les fautes ; la politique, pour maintenir l'ordre social, doit punir les
crimes connus, et se servir de la religion et de la
morale pour réprimer les passions et poursuivre
les crimes cachés dans les retraites où la loi ne pénètre pas. L'ordre social périrait, si le gouvernement laissait impunis les délits avérés ; et les crimes obscurs lui échapperaient et finiraient par tout
bouleverser, sans l'appui de la morale et le frein de
la religion qui sont les grands supplémens de la
justice humaine.

La nature a donc les yeux constamment ouverts
sur les fautes, et fermés sur les crimes ; la politique
et la religion sont indulgentes pour les fautes, mais
elles ont l'œil ouvert sur les délits : ces trois puissances veillent ensemble sur nos actions ; la nature
sur les fautes, la politique sur les crimes connus,
la religion sur les crimes cachés, sur les vices et
même sur les intentions.

Ceci explique pourquoi le crime est souvent heureux sur la terre : il suffit pour cela qu'il ait été commis sans faute. Cromwel, par exemple, ne fit pas de fautes dans son grand attentat contre son pays et son roi ; et dès qu'il régna il punit les crimes des autres. Malheureusement le monde est plein de criminels rusés, qui, moins éclatans que Cromwel, jouissent comme lui du fruit de leurs complots conduits avec art ou avec bonheur. Ces artisans du crime ont toujours paru des objections contre la providence ; mais ce sont les gouvernemens, dont ils ont su tromper le regard et la surveillance, qui en sont responsables.

Un particulier qui commet un meurtre est puni, parce que le corps politique a plus besoin d'un exemple que d'un particulier ; mais un roi qui a le malheur de tuer un de ses sujets, n'est, et ne saurait être puni juridiquement, parce que le corps politique a plus besoin d'un roi que d'un exemple, et qu'il ne faut pas que la réparation soit pire que le mal. Tout souverain, peuple ou roi, est inviolable de sa nature.

En général, les crimes des puissances ne sont guère punis en ce monde que par la haine et le mépris ; à moins qu'ils ne soient accompagnés de fautes assez graves, pour que les trônes en soient renversés ; car tout est proportionné.

En un mot, la nature n'a fait d'autre contrat avec nous que celui des lois éternelles du mouvement ; elle ne nous a promis que l'harmonie du monde physique : c'est à nous à créer et à maintenir l'harmonie du monde moral ; grande et sublime mission. Il est donc nécessaire, puisque tout conspire à l'ordre général du monde physique, qu'il se forme aussi une conspiration dans le monde moral en faveur de la vertu contre le vice, et de l'ordre contre l'anarchie, de peur que les hommes ne soient dans ce monde moral que Dieu leur a confié, par le moyen de la conscience et de la religion, plus vils que le moindre atôme dans le monde physique ; de peur enfin que ce ne soit par notre faute et pour notre malheur, si l'ordre social n'a pas, comme l'univers, ses lois certaines et son invariable régularité.

Cette théorie que je viens d'exposer, donne une base inébranlable à la justice et à la religion : je n'en connais pas, humainement parlant, de plus vraie, de plus imposante, de plus propre à fonder l'ordre social : point de politique sans justice et sans religion.

On sait qu'il s'est trouvé des hommes qui se plaçant dans l'ordre physique en ont tiré des conclusions contre l'ordre moral : *un meurtre*, disent-ils, *n'est que du fer plongé dans du sang, le mensonge, un vain bruit qui frappe l'air*, et une foule d'autres sophismes aussi redoutables dans leurs conséquences qu'horribles dans leurs motifs. On sait la belle réponse de Caton et de Cicéron à César qui se permettait de tels argumens en faveur de Catilina et de ses complices : ils observèrent au sénat que César professait une doctrine funeste à la république et au genre humain. Ils répondirent en vrais philosophes, puisqu'ils parlèrent en hommes d'état. Quant aux argumens plus funestes encore, tirés de l'incertitude d'une vie à venir, et de la certitude qu'un crime bien caché ne peut être puni dans ce monde, ils sont, à mon avis, la preuve la plus pressante qu'il faut une justice pour effrayer de tels raisonneurs, et une religion pour leur dérober le peuple, afin que le sophisme ne trouve pas de dupes, et que la corruption manque de satellites. Car toute importante qu'est la justice humaine, il ne faut que comparer un moment ses lois à celles de la nature, pour sentir combien la religion lui est indispensable pour gouverner les hommes. Cette justice dit : *tu ne tueras pas, car si tu tues, tu mourras* ; voilà le châtiment ; mais elle ne promet rien à celui qui ne tuera pas. La nature dit : *tu mangeras, car si tu ne manges pas, tu mourras* ; voilà le châtiment, *et si tu manges, tu auras du plaisir* ; voilà la récompense. Dans ses préceptes, la nature unit donc le châtiment à la récompense, et la peine au plaisir ; aussi ses lois sont des penchans : mais la justice des hommes n'a que des menaces. Tout se fait de gré dans l'une, et de force dans l'autre.

La religion, plus auguste que la justice et plus libérale que la nature, intervient dans le pacte social ; elle charge les devoirs de tant de prix, et les prévarications de tant de peines, qu'elle peut donner au cœur humain un penchant impérieux pour le bien, et une horreur invincible pour le mal. C'est alors que la politique, forte d'une aussi haute alliée, et s'appuyant sur de telles craintes et de telles espérances, peut se promettre d'établir dans le monde moral, les mouvemens réguliers et la tranquille administration de la nature.

On voit, dira-t-on, des hommes qui ne croient pas à la providence, et qui ont pourtant de nobles sentimens et des vertus; c'est que l'honneur est aussi une religion qui nous enchaîne dans les moindres procédés, comme dans des devoirs sacrés; l'homme juste, le serait sans tribunaux; cela est incontestable : mais cette multitude qui se dérobe aux regards de l'honneur et aux censures de l'opinion, qui n'a d'innocent que ses occupations, et dont les loisirs sont si redoutables, sur qui cent bonnes maximes ne font pas autant d'effet qu'un seul mauvais principe, qu'en ferez-vous donc? Philosophes! je vous le demande. Si les hommes cultivés sont encore mieux retenus par la crainte que par la raison, que ferez-vous de cette masse inculte d'hommes qui ne comprennent que les harangues des passions? Vous savez ce qu'il en a coûté pour les avoir attroupés et harangués philosophiquement, et pour leur avoir donné l'empire avant l'éducation.

Laissez donc à la religion et les assemblées populaires, et l'éloquence passionnée qui lui réussit toujours avec le peuple. Vous ne parlerez jamais aussi puissamment qu'elle à l'amour de soi, puisqu'elle seule promet et garantit aux hommes un bonheur éternel; et c'est pourquoi elle attendrit et ramène les plus barbares. Voyez les Croisés pleurer en entrant à Jérusalem : voyez les Musulmans fondre en larmes à la vue de la Mecque ; parce que si l'homme est traître et cruel à l'homme, il ne l'est pas à lui-même. Que l'histoire vous rappelle que partout où il y a mélange de religion et de barbarie, c'est toujours la religion qui triomphe; mais que partout où il y a mélange de barbarie et de philosophie, c'est la barbarie qui l'emporte.

Laissez l'honneur et la morale pure au petit nombre, et la religion et ses pratiques au peuple. Car si le peuple a beaucoup de religion, et si les gens élevés ont beaucoup de morale, il en résultera pour le bonheur du monde, que le peuple trouvera beaucoup de religion à la classe instruite, et que celle-ci trouvera beaucoup de morale au peuple ; et on se respectera mutuellement.

Mais, dira-t-on encore, la philosophie apprend à supporter la pauvreté, et à pardonner les outrages. Elle prêche aussi la fraternité, mais quand les Français se sont appelés *frères*, ils ne se sont abordés que le poignard à la main. Je ne crois pas que la philosophie ait à se vanter d'avoir encore inspiré le mépris des richesses, et l'oubli des injures à une nation : je la défie surtout de calmer un cœur en proie à ses remords, et c'est ici que triomphe la religion.

Quand un coupable bourrelé par sa conscience,

ne voit que châtimens du côté de la justice , et flé-
trissures du côté du monde ; quand l'honneur,
ajoutant encore ses tortures à son désespoir, ne lui
ouvre qu'un précipice ; la religion survient, embrasse le malheureux , apaise ses angoisses et l'ar-
rache à l'abîme. Cette réconciliation de l'homme
coupable avec un Dieu miséricordieux , est l'heureux point sur lequel se réunissent tous les cultes.
La philosophie n'a pas de tels pouvoirs : elle manque à la fois , et de tendresse avec l'infortuné , et
de magnificence avec le pauvre : chez elle , les misères de la vie sont des maux sans remède , et la
mort est le néant : mais la religion échange ces misères contre des félicités sans fin, ET AVEC ELLE LE SOIR
de la VIE TOUCHE A L'AURORE D'UN JOUR ÉTERNEL.

Enfin , autant la philosophie moderne entrave les
gouvernemens, autant la religion rend l'empire facile. Spinosa est forcé de convenir que c'est par
elle qu'on obtient le miracle de l'obéissance. Un
grand roi disait que si son peuple était plus religieux, il diminuerait son armée et ses tribunaux ;
et je ne sais quel empereur répondit à un philosophe qui voulait passer avec lui d'une discussion
métaphysique à des conseils sur le culte : *ami jusqu'aux autels.*

Il y a , de plus, cette différence entre la philosophie et la religion , que celle-ci en se propageant
dans le monde, y laisse une sorte de sentiment
pieux qui s'allie naturellement à la morale., tandis
que la philosophie que le peuple entend toujours

mal, ne laisse pourtant pas de lui donner une sorte
de tournure impie qu'elle-même désavoue et qui
tue tout. Si la religion ne répond pas de tel individu, elle répond des masses ; et ne fût-elle pas indispensable à tel homme en particulier, elle l'est à
telle quantité d'hommes. Il n'en est pas ainsi de la
philosophie ; elle ne répond que de quelques individus : les masses, les peuples et les empires lui
échappent.

Pourquoi les idées les plus superstitieuses se
marient-elles si naturellement aux vérités les plus
importantes, tandis que l'esprit philosophique se
mêle aux erreurs les plus monstrueuses ? C'est que
Dieu est tellement source d'harmonie, que son idée
raccommode tout. Avec la religion, il n'est point
d'erreur dangereuse pour les peuples.

C'est la religion qui attache la multitude à de saines idées, qui la rassemble sans danger, qui lui
prêche l'égalité et la fraternité sans erreur et sans
crime (1). Expression du rapport des hommes à
Dieu, elle est l'inestimable caution qu'ils se donnent sur la même foi, le crédit réciproque qu'ils se
prêtent sur leurs âmes, le gage sacré qu'ils se con-
fient mutuellement sur leur salut éternel : caution,
crédit et gage qui reposent sur le serment, lequel,
sans religion, est un mot sans substance : *sacra-
mentum*, chose sacrée. La conscience contracterait

(1) Souvenez-vous de ces clubs où tout le monde entrait *gra-
tis*, où fermentait l'écume de la nation, où chacun parlait à
l'envi contre le gouvernement, la religion et la propriété.

en vain avec elle-même : il faut l'intervention de
Dieu pour que les hommes ne se jouent pas des
hommes, pour que l'homme ne se joue pas de lui-
même. La morale sans religion, c'est la justice
sans tribunaux : morale et religion, justice et tribunaux, toutes choses corrélatives dont l'existence
est solidaire, comme la parole et la pensée.

Qu'on ne s'étonne pas que les gouvernemens
s'accordent facilement avec les religions ; mais entre eux et nos philosophes point de traité : il faut
pour leur plaire, ou que le gouvernement abdique,
ou qu'il leur permette de soulever les peuples. En
un mot, la philosophie divise les hommes par les
opinions, la religion les unit dans les mêmes dogmes, et la politique dans les mêmes principes ; la
philosophie les appelle à la solitude ; la religion
et la politique les convoquent dans les temples et
dans les villes : il y a donc un contrat éternel entre
la politique et la religion. TOUT ÉTAT, si j'ose le
dire, EST UN VAISSEAU MYSTÉRIEUX DONT LES ANCRES
SONT DANS LE CIEL.

Le vrai philosophe qui entend ce mystère, laisse
la foi à la place de la science, et la crainte à la place
de la raison, parce qu'il ne peut se charger de l'é-
ducation du peuple, ni courber par l'habitude, ou
élever par le perfectionnement des facultés, les esprits et les cœurs d'une multitude destinée au travail et aux sensations, et non au repos et au raisonnement. Il ne gagnerait rien de dire aux peuples : soyez justes, parce qu'il règne une grande

harmonie dans l'univers : ce n'est pas ainsi que la politique traite avec les passions. Elle considère l'homme non seulement avec l'œil de la loi , mais avec les yeux de la morale et de la religion ; elle emprunte des lumières à la philosophie même ; enfin , elle prend des brides de toutes mains. Le crime des philosophes est de faire présent de l'incrédulité à des hommes qui n'y seraient jamais arrivés d'eux-mêmes ; car ceux qui ont eu le malheur d'y parvenir par la méditation ou par de longues études , sont ou des gens riches, ou des esprits calmes, retenus à leur place par l'harmonie générale : leur éducation et leur fortune servent de caution à la société ; mais le peuple que tout invite à remuer, et qui ne sent pas l'ordre dont il fait partie , reste sans crainte et sans espérance , dès qu'il est sans foi. J'en appelle à nos philosophes mêmes : quand la philosophie a commencé une révolution dans leur esprit , ne les a-t-elle trouvés pliés aux bonnes mœurs et aux bons principes par la religion et le gouvernement ? Il est donc certain que la philosophie moderne a moissonné dans le champ de la religion et de la politique. Si elle trouvait des hommes comme elle se les figure , ou comme elle voudrait les façonner , elle ne verrait bientôt plus que des monstres : aussi la brièveté de ses vues , son embarras et son impuissance n'ont jamais paru d'une manière plus éclatante qu'à l'époque où elle a réuni tous les pouvoirs et réalisé son rêve *d'un peuple philosophe*. C'est alors qu'elle a vu trop clai-

rement que si, pour vivre dans le loisir et la paresse,
il faut s'entourer d'hommes laborieux ; il faut, pour
vivre sans préjugés, s'environner d'un peuple de
croyans : c'est un terrible luxe que l'incrédulité (1).
Que les philosophes comprennent enfin « que ce
n'est pas pour attaquer la religion qu'il faut de l'esprit et du courage, mais pour la défendre et la maintenir. » Cette réflexion si simple n'est encore tombée
dans l'esprit d'aucun d'eux : ils ont au contraire fait
grand bruit de leur incrédulité ; ils en ont fait le titre de leur gloire ; mais dans les têtes vraiment
politiques, l'incrédulité ne se sépare pas du silence.

Au reste, les incrédules eux-mêmes sont forcés
d'avouer que chez les grandes nations le culte s'é-
purait de jour en jour. Dégagée des subtilités de l'é-
cole, et de quelques vieilles pratiques superstitieuses, la religion, cette fille du ciel, se réduisait à
des dogmes importans unis à des cérémonies aussi
nobles que touchantes : les lumières du clergé éga-
laient celles des philosophes ; la simplicité s'alliait
à la majesté pour la double satisfaction de l'esprit et
des sens : l'arbre était bien greffé et sagement
émondé, et c'est l'époque que les philosophes ont
choisie pour l'abattre. Il en est donc des cultes

(1) Bayle distingue fort bien entre l'incrédulité des jeunes
gens et celle de l'âge mûr. L'incrédulité d'un savant, étant le
fruit de ses études, doit être aussi son secret ; mais celle des
jeunes gens est le fruit des passions ; elle est toujours indiscrète,
toujours sans excuse, jamais sans danger.

comme des gouvernemens! on ne les renverse que quand ils sont trop bons.

Les philosophes attaquaient les gouvernemens, et le peuple les crut ses amis. L'enchantement fut réciproque, et ils crurent aimer le peuple. Mais le pouvoir dont l'essence est de s'allier à la bonté et à la fixité dans les têtes saines, fermenta et s'aigrit dans celle de nos philosophes. C'est inutilement qu'Aristote avait défini la loi, *une âme sans passion*; les philosophes devenus les maîtres n'entendirent que la voix des passions, et ne parlèrent que leur langage. Ils virent le monde, la raison et la postérité dans l'étroit et fougueux théâtre de leurs tribunes; ils prirent la contagion pour le succès; ils admirèrent tout, jusqu'au jour où ils tremblèrent. Vaincus, ils ont mérité leurs revers, sans qu'on puisse dire que les vainqueurs aient mérité leurs succès: on ne saurait parler d'eux avec justice sans en parler avec mépris.

C'est ainsi que les sectaires de Voltaire, de Diderot, de d'Alembert, etc., enfantèrent les Jacobins, ces criminels sans exemple, dans l'histoire du monde, et les Robespierre, les Danton, les Marat, cette *terreur* dont ils furent les créateurs et les victimes: le ciel est juste.

Nous ne pouvons nous dispenser de présenter ici le tableau de cet épouvantable *règne*, où pour l'éternelle humiliation des ambitieux sans génie, on vit le plus obscur satellite de la philosophie moderne s'élever au trône par un sentier que les philosophes lui avaient ouvert de leurs mains et *pavé de leurs têtes :* (1) époque, où sur une surface de trente mille lieues carrées, six cent mille Français se trouvèrent tout-à-coup sans asile et sans issue, où chaque loi ajoutait à la lâcheté plus encore qu'au désespoir, où l'on ne savait plus que gémir, payer et mourir, où tout était en réquisition et dans les fers, où tout fut victime et bourreau, où les pères et les enfans, poussés par milliers aux frontières, y venaient en tremblant pour y faire trembler l'Europe : ils y arrivaient, dis-je, courbés par la crainte, mais grâces à l'aveuglement des puissances, ils y trouvaient d'abord la brillante distraction des victoires qui les relevait, et on vit pour la première fois peut-être la peur orgueilleuse et l'orgueil tremblant : on vit la première armée qui ait encore marché entre la terreur et la gloire, entre les triomphes et l'échafaud ; et cependant la nation écrasée au dedans, et redoutée au dehors, consternée de ces massacres sans fin, et confuse de ces victoires sans fruit, attendait en frémissant un nouveau Dieu et un gouvernement inconnu. L'agonie de ce peuple a duré quatorze mois, et il n'a pas tenu aux ennemis de l'humanité, tant intérieurs qu'extérieurs, que le dernier français ne se soit enfin trouvé en présence du dernier bourreau.

Cette effroyable crise s'est appelée *gouvernement révolutionnaire* ; expression indéfinissable, mon—

(1) L'abbé Delille s'empara de cette expression

strueuse alliance de mots, préparée par la philosophie du siècle! Que de calamités, que de crimes,
ce mot seul me rappelle... Le signal est donné;
plus d'autorités constituées, tout est *comité* ou *tribunal révolutionnaire*; la souveraineté du peuple est
suspendue; ses représentans, déclarés inamovibles,
cessent d'être inviolables : car il faut qu'un parti
règne, et que l'autre périsse. La nation entière
tombe à la fois en état d'interdiction et de conspiration, mineure pour agir, et majeure pour le supplice; elle tombe et se débat sous les poignards de
cent mille assassins. Quel est ce char mystérieux (1),
immense, dont les roues innombrables vont en tous
sens, chargé de chaînes et d'échafauds, de têtes
coupées et de sceptres brisés? C'est le char de la
révolution. Et ce peuple hideux et couvert de hail-
lons, aux yeux hagards, aux bras ensanglantés,
qui se presse autour du char? C'est le peuple de la
révolution... Mais le char avance, aplanissant tout;
il roule continuellement dans les places publiques,
dans les rues, devant les portes, parcourant la
France, traînant ou écrasant mille victimes par
jour, et la nuit ne ralentit pas sa course. Sur le
char est assise la révolution, le soupçon en avant
et la hache à la main. Le bruit lugubre de sa marche couvre celui de la guerre, et le canon qui
gronde et tue au loin paraît doux et brillant à des

(1) Image empruntée au peuple, qui ne parlait que du char
de la révolution.

imaginations profondément épouvantées des coups imposans, perpétuels et sourds de la guillotine Point de douleur éclatante, tout est glacé d'horreur; point de retour sur sa fortune et sur sa famille, tout est à la révolution; point de pitié pour la vieillesse, la jeunesse et l'innocence, tout est nécessaire. Il faut que le sang coule, que les villes tombent, que la nation diminue; il faut que le brigand aguerri et que le pauvre oisif et abruti mettent la France à leur portée. Je n'entends qu'un cri : *La révolution ira, le char avancera* (1). Eh quoi! tant de villes sans communication, tant de bouches sans murmure, tant de populations sans mouvement! La terreur comprime tout, la terreur isole tout. Vieux respects, propriétés antiques, droits, humanité, vous êtes des conspirations; sanglots étouffés, soupirs et gémissemens, vous êtes signes de contre-révolution. La terreur est la justice... Cependant les maisons se ferment, les chemins se couvrent d'herbe, et les murailles de listes mortuaires. Quel silence! la nation entière est aux écoutes; quelques journaux lui disent froidement les décrets du jour et le nombre des morts.

Tout Français est soumis, rampant, fidèle, et tout Français est suspect; on passe, on s'examine à la dérobée, de peur de se reconnaître; on se reconnaît pour s'éviter. Quand on marche au supplice, il n'y a qu'une ancienne réputation ou quel-

(1) Ah! ça ira! ça ira!

que rôle éminent dans la révolution qui vous attire un regard, un mot, ou quelques féroces applaudissemens de ce peuple occupé, et le spectacle sanglant du lendemain vous efface à jamais. Accoutumé à voir tomber, massacrer ses victimes, le peuple les suit avec le sentiment révolutionnaire. La subsistance est assurée à la foule qui entoure le char et à la multitude qui combat aux frontières; sur tout le reste, la pâleur de la faim et les ombres de la mort. On ne compte qu'avec la révolution et sur la révolution; c'est elle qui nourrit et dévore, qui élève et renverse, qui produit et détruit.

L'or n'achète plus la vie, et ne saurait payer la fuite; et cependant la corruption est dans le sein de la barbarie, mais si tout se vend, rien ne se garantit : c'est toujours *sauf la révolution et la guillotine.* Tel vient mourir après s'être racheté six fois. N'espère pas, citoyen timide, te réfugier parmi les bourreaux en promettant d'être un scélérat : il faut l'avoir été. Ce ne sont pas des crimes à venir, mais des crimes commis et connus, qu'on te demande. Et cependant on peut être coupable de tant de manières envers la révolution, que peu de scélérats lui échappent : car la révolution n'est pas un froid tyran qui calcule ses coups; c'est un tyran entraîné, qui ne peut s'arrêter qu'il ne tombe; mais le char de la révolution résiste par sa masse, et dure par son mouvement.

Où fuir? à qui parler? à qui se confier? Ce n'est plus comme au temps des rois, où un exil vous recommandait au public, où la disgrce honorée trouvait partout des asyles; mais ici pas une retraite, pas un cœur, pas une larme. L'ennemi d'une nation ! il tombe tout à coup dans une excommunication universelle ; sa femme et ses enfans frémiraient à sa vue ; il faut que de sa main il abrège son supplice et termine sa vie, ou qu'il vienne lui-même s'offrir à l'échafaud, où tout aboutit.

Philosophie moderne ! où nous as-tu conduits, et à qui nous as-tu livrés ? Sont-ce là tes saturnales, tes triomphes et tes orgies ? Sombre nuit apparue au nom de la lumière ; vaste tyrannie, au nom de la liberté ; profond délire, au nom de la raison ! Sanglans outrages, insultes recherchées, affronts inhumains, on ne saurait vous peindre trop fidèlement pour être utile, ni trop vous atténuer pour être cru.

Ainsi fut traitée la nation française, cette nation plus légère que la fortune, et dont le fier courage semblait défier un tel système d'oppression. Mais je m'arrête : ces grandes infortunes m'ont entraîné malgré moi.

J'aurais pu, sans doute, épargner au lecteur ce cruel tableau et ces déchirans souvenirs, mais le moment où j'écris m'en fait une dure nécessité. Il s'en faut bien que les philosophes démagogues soient fatigués d'erreurs, les gouvernemens de fautes, et les peuples de malheurs ; et tant que durera le divorce entre la force et la justice, entre la puissance

14

et la bonté, entre le raisonnement et la raison, je conclurai que nos maux auront de la durée, et que les châtiméns n'ont pas égalé les crimes.

N. B. Le discours sur *la Souveraineté du peuple* se trouvait dans les manuscrits de l'auteur, et son frère le publia en 1831.

DE LA

SOUVERAINETÉ DU PEUPLE.

Cunctas nationes et urbes populus, aut primores,
aut singuli regunt; delecta ex his et constituta
reipublicæ forma laudari faciliùs quam evenire,
vel, si evenit, haud diuturna esse potest.

TACITE.

———————

Cette même erreur, qui plaça notre petit globe
terrestre à la première place de l'univers, donna
au peuple *la souveraineté* dans le corps politique. Il
ne suffisait que d'avoir des yeux, disait-on autrefois, pour convenir que tous les astres tournaient
autour de la terre, et que, par conséquent, le séjour de l'homme était au centre du monde. Ce système appuyé par toutes les apparences, et fondé
par les antiques traditions, et d'ailleurs si favorable à l'orgueil humain, était pourtant si faux, que
pendant plus de trente siècles il a été funeste aux

progrès de l'astronomie et de la géographie. Mais
quand une fois les cieux et les mers furent ouverts
par le télescope et par la boussole, la terre, alors
mieux connue, fut reléguée dans les limites de son
orbite; et l'homme, pour ainsi dire déchu, mais
plus instruit, chercha des raisons plus vraies à son
orgueil. Il arrive aussi également que, toutes les
fois qu'on traite de *la souveraineté*, toutes les apparences sont en faveur du peuple. En considérant
l'ensemble et la masse, il semble que c'est en lui
que consiste la totalité et l'existence politique de
tout corps social. Il semble que tous les intérêts et
toutes les forces se réunissent en lui : c'est de son
sein qu'on tire les soldats et qu'on prend les cul-
tivateurs; il peut créer et détruire les rois; il peut
souffrir et rejeter un sénat; il peut nommer et cas-
ser des représentans; et en somme, il trouve en lui
la force de confirmer, changer, détruire les formes,
les lois et les coutumes, et, non moins formidab-
ble que l'Océan, renverser toutes les digues opposées à sa fureur par la prudence et l'expérience des
temps, et disperser sur la terre les ruines des empires détruits. Des apparences aussi séduisantes
parurent d'abord une évidence; et *la souveraineté
du peuple*, prêchée par de grands écrivains, et mise
à l'épreuve par la plus funeste révolution, parut
subitement, aux yeux d'une partie de l'Europe, la
découverte la plus fatale et la doctrine la plus for-
midable; aux yeux de l'autre partie, elle parut le
dogme le plus précieux, et, pour ainsi dire, le plus

saint; et aux yeux de tous une véritable révolution de l'esprit humain. Telle qu'un nouvel astre ou un météore inconnu, elle s'est montrée épouvantable pour les uns, consolante pour les autres, et lumineuse pour tous : ainsi elle a produit un effet universel. Les rois, les républiques, les poètes, les philosophes, les politiques, les légistes ont tous courbé la tête devant cette idole, et les potentats eux-mêmes, tremblant sur leur trône, se sont dit *les représentans des nations*, et très inutilement ils ont ajouté qu'ils en étaient *les représentans inamovibles et héréditaires*. Mais, le principe de la souveraineté du peuple étant accordé, les rois n'ont plus été regardés que comme des usurpateurs, ou consolidés sur leur trône par le consentement ou du moins par le silence des nations ; usurpateurs tantôt éclairés, fermes et bienfaisans ; tantôt fous, faibles et tyrans, dont les excès ont donné une grande force à ce principe, et que les belles et bonnes actions de quelques uns n'ont jamais pu faire oublier ; et cependant les peuples, ravis de joie, se sont persuadé qu'ils étaient des *souverains détrônés par les rois.*

Cette doctrine a renversé la France, épouvanté l'Empire et l'Angleterre, effrayé l'Italie, enchaîné la Suède, le Danemarck et la Suisse ; menaçant tous les trônes et toutes les aristocraties ; et dans ce moment elle précipite la Pologne vers sa déplorable fin. Ses racines se sont tellement approfondies en Europe, qu'il n'y a pas de ville où elle n'ait, pour

ainsi dire, des séminaires, point de famille où elle
n'ait ses prosélytes; enfin, cette doctrine a produit
un tel effet sur la raison, qu'en France, où l'on en
souffre le plus, tout en abhorrant le joug des jacobins, on adore leurs maximes, et qu'on ne crie que
contre leurs excès, et non contre leurs principes.

Pour attaquer le dogme de *la souveraineté du peuple*, en vain dirait-on : Ce principe est si dangereux
qu'il faut le supprimer, ou pour mieux dire le détruire. Mais les efforts seraient vains, car un principe qu'on croit une vérité ne peut être ni supprimé
ni détruit. Si c'est une lumière et qu'on veuille
l'éteindre, elle se rallumerait par les incendies populaires. Que si c'est une découverte, il faut la
cacher; mais les démagogues ne la perdraient jamais de vue, et diraient toujours que, si le principe
est vrai, il doit être droit et bon, et que, mieux
connu et partout adopté, les peuples en seraient
plus heureux, et les états plus florissans. La nation
française et ses trois assemblées, et surtout les jacobins, ayant admis ce principe avec tant d'ardeur,
et l'ayant si étroitement embrassé, on aurait dû à
chaque pas avancer vers la plus belle prospérité;
mais au contraire, une fatale expérience de cinq
années ne démontre que trop aux yeux du monde
étonné qu'en faveur de ce principe, cette nation a
passé de l'insurrection aux convulsions, et des
convulsions à l'anarchie, et qu'avec une excessive
rapidité elle est tombée de crimes en crimes et de
malheurs en malheurs sous la plus violente tyran-

nie : à tel signe que l'Angleterre, qui admet ce principe comme la France, fleurit d'autant plus qu'elle lui est infidèle, et que la France périt pour lui être trop fidèle. Quelque convaincant que soit ce raisonnement, il n'y a que les âmes droites et éclairées qui en sentiraient la force, en appuyant la vérité sur des faits, et le bien dans la réalité, et ne pourraient jamais admettre un principe d'où ont pu sortir tant de calamités; mais les subtils discoureurs dont l'Europe abonde, les publicistes allemands, anglais, italiens, et tous les démagogues français, diraient bien vite que *le fait ne prouve rien contre le droit*; que le principe est juste et vrai, quoique le peuple français en ait fait un mauvais usage : que les droits de l'homme ne peuvent être prescrits par les excès d'une nation, et que *la vérité ne peut jamais être dangereuse*; enfin, pour dernière conclusion, ils demanderaient : Si la souveraineté n'est pas dans le peuple, où est-elle donc ?

Réduisant ainsi au silence les personnes les plus sensées, bouleversant sans cesse les états par leurs essais politiques, et abreuvant sans cesse les vénéneuses racines de ce principe par les larmes et le sang des peuples et des rois, et en son nom détruisant la propriété, troublant la paix par l'insurrection, opposant les droits aux devoirs, et foulant aux pieds tout bien-être et toute justice, ils feraient de l'univers un théâtre de désolation, et semeraient des maux interminables pour les siècles et les générations à venir.

Il est temps enfin de parler avec l'autorité de la raison, et d'avertir tous les peuples en un seul, en disant aux Français : Vous vous êtes exterminés les uns les autres pour soutenir la souveraineté du peuple et pour l'avoir voulue à toute force : les crimes commis et les calamités souffertes au nom de ce principe seront contre vous l'éternel et l'irrésistible argument de la postérité. Sachez une fois, hommes coupables, que ce principe est faux, et que vous ne recueillerez jamais de lui que des délits et des malheurs.

Il est triste et déplorable, en effet, que la paix de la terre, la fixité des états, le maintien de la propriété, dépendent aujourd'hui des armes subtiles de la métaphysique; mais puisque dans ses arsenaux les philosophes et les tribuns ont trouvé et pris les piques qui ont frappé ce vaste empire, la hache qui a séparé de son corps la tête d'un roi vertueux, et le canon qui retentit dans les deux hémisphères, cherchons nous-mêmes dans la métaphysique des armes propres à la défense, et couvrons-nous de ce bouclier protecteur des empires qu'un grand poète (1) a placé dans le ciel; et puisque les philosophes, comme les génies des tempêtes, se sont élevés jusque dans les plus hautes régions, pour de là mieux foudroyer l'ordre social et les réunions politiques du genre humain, il est nécessaire de les suivre jusque dans les hauteurs où

(1) Le Tasse.

ils se sont placés, afin de justifier cette *providente nécessité* qui a mis l'antidote à côté du venin, et retourner victorieusement contre nos ennemis leur propre maxime, que *la vérité ne peut jamais être dangereuse*. Il ne s'agit plus que de découvrir et d'enseigner aux hommes l'ordre pour lequel les a disposés la nature.

Le monde existait avant que ce système fût connu ; pour arriver de l'art à la pratique on n'avait pas attendu les théories ; l'ordre social se maintenait, et les plus grands empires avaient été florissans, avant que quelqu'un pensât à disserter sur la nature de l'homme et sur la politique. Elle est comme un sphinx qui dévore ceux qui n'entendent pas ses énigmes. Il n'est plus temps, je le répète, d'éluder la question, de la cacher ou de la taire. Une espérance immodérée s'est emparée de tous les cœurs, et un aveugle délire de tous les esprits. S'il se formait tout-à-coup une réunion d'hommes qui voulût replacer la terre au centre de l'univers, en traitant le soleil d'usurpateur, il faudrait sourire de cette ridicule insurrection contre la monarchie démontrée de cet astre, ou du moins se taire ; mais dans une révolution politique qui réprouve le passé, engloutit le présent, et menace l'avenir ; mais chez un peuple où toute statue est renversée, toute subordination abolie, et toute droite estimation des choses détruite ; où l'homme innocent doit son salut plutôt à l'obscurité qui le cache qu'à la loi qui le protége ; où la raison est aveugle, la justice sans force, et l'éducation sans morale ; où chaque regard de celui qui passe est un trait hostile ; où une nouvelle race de philosophes nous instruisent non à coups de plume, mais de poignard ; où, pour l'amour de la liberté et de l'humanité, on vous emprisonne et l'on vous massacre ; il n'est plus permis de garder le silence. Il faut dire à ce peuple en délire : Vos nouvelles idées seront détruites par la raison, vos passions furieuses devront céder à votre propre intérêt, vos volontés seront contredites par la nécessité, vos efforts et vos prestiges seront anéantis par l'éternelle et inaltérable nature des choses. D'ailleurs, s'il appartient à l'Europe armée d'exterminer un jour la révolution française, il appartient à tout homme qui a de l'humanité de la combattre par les maximes de la raison : car, si la force tue, elle ne convertit pas ; elle soumet, mais elle n'éclaire pas.

Mais le peuple ne lit pas, dira-t-on... Est-ce que le peuple a jamais lu le Contrat social, le Système de la nature, et tant d'autres livres philosophiques et dangereux ? Nous écrivons pour réprimer l'audace et les déclamations de ceux qui les prêchent. Nos écrits pourront être un frein pour les peuples : le Contrat social ne les a que trop excités. Quand Neptune veut calmer les mers, ce n'est pas aux flots qu'il s'adresse, mais aux vents.

Mais on dira peut-être que les usurpateurs démagogues de la monarchie française qui liront ceci n'admettent pas plus que nous la souveraineté du peuple. Eh bien ! soit : je demande à mes lecteurs si, quand les philosophes se proposèrent de renverser le christianisme en France, ils s'informèrent si les prêtres y croyaient ou non. Il leur suffit de voir que l'église, mère et souveraine du peuple, dominait les opinions et dirigeait les consciences; et leur secte attaqua la religion sans relâche, jusqu'à ce que les temples en tombant écrasèrent les prêtres sous leurs ruines.

Il est vraisemblable, et j'en conviens, que les démagogues français qui se servirent de la force du peuple pour détruire les différens pouvoirs établis, prévirent clairement que la tourbe populaire ne saurait les retenir pour elle ni les faire mouvoir.

Cherchant et trouvant le peuple souverain dans la populace parisienne, et couvrant, pour ainsi dire, de pourpre ces misérables, ils n'eurent en vue que d'opprimer les riches, et d'empêcher que les regards jaloux de leurs satellites ne s'aperçussent qu'eux-mêmes s'étaient emparés de la souveraineté. Cette puissance, qui n'était ni indiquée ni décorée par aucun signe extérieur, était d'autant plus terrible qu'elle était invisible entre leurs mains; et à y bien réfléchir, une adroite politique pourrait trouver dans la conduite des démagogues un excellent traité contre la souveraineté du peuple. Mais il faut se rappeler qu'il n'y avait pas un orateur dans la première assemblée nationale qui ne reconnût le droit essentiel et primitif du peuple, excepté ceux qui parlaient en faveur du roi. Peut-être même que les chefs hypocrites qui tyrannisaient la France, en usurpant audacieusement tout pouvoir constitué, reniaient secrètement le principe de la souveraineté du peuple ; mais cette idée les servait admirablement pour fonder et faire croire que l'insurrection française était légitime et sacrée, et à propager cette doctrine avec laquelle ils empoisonnent la coupe fatale qui enivre le peuple et leurs satellites. Il y a donc une grande urgence à recourir à de grands remèdes. Venons donc aux prises obstinément avec ces dictateurs de l'opinion ; frappons à grands coups ces principes et leurs propagateurs, et arrachons les racines de l'arbre funeste qu'ils ont planté ; que les hommes enfin se persuadent que c'est en vain que les grandes nations s'agitent et se révoltent pour s'attribuer, par le fait, la souveraineté dont leur essence même les rend incapables ; et que, s'ils ne peuvent souffrir des maîtres qui les protégent, ils tombent sous la main des tyrans, qui les oppriment ; et qu'ils sentent enfin que, si les rois périssent sous les efforts des peuples, les peuples fleurissent à l'ombre des rois.

Mais on pourra me dire : A quoi sert la raison au sein des révolutions ? quel pouvoir a la métaphysique contre les insurrections, et la politique contre la destruction des empires ? Je réponds : Que peut l'hydraulique contre les inondations, et l'art nautique contre les naufrages ? La plus puissante architecture ne résiste pas aux tremblemens de terre ; et quand de semblables accidens ou les outrages des siècles ébranlent nos monumens, et que les élémens et la fureur des hommes parviennent à les renverser, l'architecture les fait de nouveau ressortir de leurs ruines.

Enfin, on me dira pour la dernière et plus forte objection : Vous voyez que les divers cabinets de l'Europe ont regardé jusqu'à présent l'exemple de la France comme le vrai modèle de la représentation nationale. Mais à l'horrible aspect de ses conséquences, l'Europe doit être en garde et guérie de l'illusion d'un tel principe. Disons les choses telles qu'elles sont : si pendant l'espace de trois ans les cabinets de l'Europe ont vu d'un œil indifférent la révolution française abattre successivement la dignité royale, le clergé, la noblesse, et détruire finalement jusqu'à la propriété elle-même ; s'ils ont souffert que la contagion de tels principes se soit répandue avec une épouvantable rapidité par le moyen d'un peuple dont depuis deux siècles l'Europe entière a adopté les modes, les manières, les livres et le langage ; si l'Angleterre elle-même en a senti trop tard l'enivrement ; si finalement toutes les nations voisines, et le nouveau monde aura son tour, se sont laissé envahir, pour ainsi dire, par les jacobins, les laissant tranquillement ourdir et produire le renversement d'un grand royaume, qui, semblable au mont Gibel, vomit ses laves brûlantes sur les terres qui l'environnent ; comment donc les souverains pourront-ils attendre aujourd'hui de leurs peuples, et les pères de famille de leurs enfans, cette judicieuse conduite qu'ils n'ont pas su tenir eux-mêmes? A des vérités aussi tristes s'ajoute cette réflexion, que dans le cœur humain les haines ont une certaine hiérarchie, et que ces haines ne se cèdent jamais l'une à l'autre. Il couve dans le sein des peuples un antique désir de vengeance contre l'ordre de la noblesse, du clergé et des tribunaux, et ceux-ci en couvent aussi un contre les cours. Ces haines sont mieux senties que toutes les autres haines, même que celle qui devrait les surpasser toutes, je veux dire celle contre les jacobins, tout épouvantables qu'ils soient pour l'Europe. Mais pour chaque peuple en particulier il y a une satisfaction secrète qui les fait regarder comme une puissance heureusement élevée contre les gouvernemens. Le même cas arrive entre certaines nations : le Danemarck, la Suède et la Hollande, si le stathouder ne s'y opposait pas, conservent un ancien ressentiment contre l'Angleterre, comme la Pologne contre la Prusse et la Russie ; et ce ressentiment les aveugle à tel point, qu'il leur semble que la révolution française leur offre une merveilleuse occasion de se venger, quand bien même pour réussir elles se verraient exposées à des désastres certains. Il n'y a point de peuple, il convient de le dire, qui ne se croie plus capable et plus digne d'être heureux que le peuple français. Tous ont le désir extrême d'une révolution fondée sur la souveraineté nationale, avec la confiance intime qu'ils sauraient régler leur propre révolution avec

des mesures mieux calculées, et mettre en pratique,
par un choix judicieux de moyens et de plus heu-
reuses prévoyances, les effets de ce grand principe
que les Français ont si atrocement déshonoré. Si
les révolutions étaient comme les médecines, qui
font naître le dégoût avant de s'en servir, je crois
qu'on n'en voudrait pas; mais on les essaie, on les
tente, parce qu'elles plaisent au peuple avant de
renverser l'état, et parce que de grandes satisfac-
tions en précèdent la ruine.

La situation politique de l'Europe est telle, depuis quelques années, que, si les puissances, me-
nacées d'une chute commune, ne conviennent pas
de devoir la craindre; si jusqu'à présent elles se
sont laissé constamment prévenir de la part de
leurs ennemis par le temps, par la force et par les
idées; si, dis-je, elles ne réunissent pas, d'un commun concert et dans le même temps, les efforts de
l'artillerie et ceux de la persuasion par les livres;
si elles ne sont pas aussi prodigues à répandre partout les vérités que les Français l'ont été en inon-
dant l'univers de mensonges; si elles ne cherchent
pas à faire pénétrer la vraie politique dans les villes, et la religion dans les campagnes, et si elles ne
parviennent pas à rendre populaire en Europe la
haine contre les jacobins, comme ceux-ci ont su la
rendre populaire contre les royalistes; si enfin cette
union de la déraison et du crime se maintient, il ar-
rivera, et je le prédis amèrement, que nous n'aurons parlé dans cet écrit qu'aux nouveaux maîtres

15

du monde, lesquels, bien assis sur les trônes qu'ils se préparent, ne seront pas fâchés que le principe de la souveraineté du peuple soit détruit par nous, puisqu'ils en auront ravi l'exercice; et, parvenus à l'empire par l'illusion, ils sauront s'y maintenir par la réalité.

Il me semble que j'ai assez bien prévu les objections, et bien démontré la grande importance de mon sujet; mais je ne puis cependant dissimuler la difficulté qui s'y trouve. Celui qui se propose de combattre une opinion générale doit regarder comme certain qu'il écrit pour des hommes déjà formés et pour des jeunes gens, et qu'il s'agit de bien diriger les uns et de bien conduire les autres; pour des esprits égarés et coupables, qui déploreraient encore mieux leurs disgrâces que leurs délits; pour un certain nombre de lecteurs qui, avec une tranquille indolence, vous demandent la solution d'un grand problême, et qui ne savent pas que c'est par de grands efforts qu'on peut parvenir à le résoudre; enfin, pour un grand nombre de personnes auxquelles les désastres de la révolution en ont tellement rendu la cause odieuse, qu'ils se croient en état de la combattre parce qu'ils la détestent, eux que le raisonnement du plus vulgaire démagogue saurait réduire au silence. Le plus juste, et le plus malheureux, pour se défendre, ne s'appuie pas toujours sur les meilleures armes. Si quelque lecteur critique me reprochait d'avoir employé des notions trop élémentaires, et de passer trop rigoureusement de l'idée connue à l'inconnue, qu'il réfléchisse dans quel siècle nous écrivons, siècle qui a la manie de faire de la métaphysique sur tout; qu'il pense qu'avant de livrer bataille, il s'agit de déloger l'ennemi des postes avancés. J'avais besoin de contenter l'ardente curiosité d'une foule de lecteurs répandus dans toute l'Europe, lesquels voient avec le plus grand étonnement que la France périt en raisonnant ingénieusement, et ne croient pas que ses faux raisonnemens soient la cause de ses maux, mais pensent plutôt qu'ils doivent considérer les Français comme des victimes volontaires qui se sacrifient aux grandes et nouvelles découvertes de la philosophie; esprits hasardeux qui ont la manie de chercher, de découvrir, d'établir des hypothèses, et qui s'échauffent plus pour des idées chimériques que pour des sentimens réels, préférant à la saine raison la vaine gloire de raisonner avec subtilité, et ne croyant possible d'obtenir la tranquillité et le bonheur qu'à force de calculs et de syllogismes.

Quant au grand nombre de lecteurs simples et de sens rassis, pour qui toute métaphysique est obscure, je leur conseille de ne pas perdre leur temps à me lire. S'ils ne peuvent pas voir la lumière de l'esprit, comment pourraient-ils voir les sentiers qu'elle éclaire? Mais que ces âmes tranquilles se consolent; la mécanique interne des états n'est pas visible pour tous les yeux; et, quand la Providence se complaît à rendre un empire florissant,

est-il utile de recourir à des spéculations politiques? Qu'on se contente d'y vivre heureux sans
disserter sur le bonheur; qu'on jouisse de sa constitution sans l'anatomiser par des théories, et qu'on
goûte les plaisirs des beaux-arts sans trop les connaître et les cultiver. Par la pompe extérieure de
ses merveilles la nature obtient tous nos hommages; mais elle y cache une foule d'autres merveilles, et elle s'embarrasse peu sans doute que nous
admirions ce qui surpasse notre intelligence. Si
quelques lecteurs, avec humeur et une mauvaise
intention, me demandaient par quelle autorité je
prétends élever au milieu de l'Europe une digue
qui s'oppose à l'opinion générale, je leur répondrai ce que dit Montesquieu en parlant des deux
premiers écrivains qui, au temps du roi Saint-
Louis, fixèrent la rédaction des lois : « Quoique ce
fussent de simples particuliers, ils eurent pour titre d'autorité à leur entreprise la vérité, la nécessité et la publicité. » Par quelle fatalité la politique,
malgré tant de grands écrivains, n'a-t-elle pas eu
encore son Copernic? et pourquoi l'esprit humain
n'a-t-il pas encore réussi à découvrir la vérité, la
raison à la prouver, et le talent à la faire aimer?

Je tâcherai surtout d'être précis dans l'application des principes, bien persuadé que celui qui
voit le mieux dit le moins. L'imagination ne peut
colorer tous les objets, ni l'esprit rendre lucides
toutes les idées. Il convient donc de se contenter
de peu de paroles et d'un simple traité, et, pour

me servir d'une comparaison matérielle, le soleil
montre l'heure sur le mur en se servant de d'ombre.
Je n'aurai pas vécu inutilement si ce faible essai,
appuyé sur la vérité, et traité par moi, ne perd
rien de sa force. Les rois sages et les bons esprits
m'en sauront gré : c'est une grande récompense.
Quoique je tourne les yeux vers les Alpes quand le
mot *patrie* (1) frappe mes oreilles, je n'en suis pas
moins né en France, et bon Français; mais les
horribles événemens qui désolent cette nation qui
me fut si chère ont fermé mon âme à toutes les sa-
tisfactions les plus pures, et je gémis de voir la lumière sous un ciel étranger.
La souveraineté du peuple ne peut être que celle
de la force : or la force n'est pas le droit. Montesquieu a mal défini le droit : il est fils de la conscience. Quand Marius, Sylla, César, s'emparèrent
du pouvoir, ils n'en avaient pas le droit; Cromwell,
qui était à ces grands et terribles hommes ce que
l'Angleterre était à l'empire romain, usa du pouvoir sans le droit. La souveraineté est dans le corps
politique, qui consiste dans ceux qui savent et qui
possèdent, et qui veut un roi, un sénat, pour qu'il
y ait droit, force et union dans le pouvoir. Que serait-ce qu'une armée sans chef? Or le peuple n'est
que cela : ainsi les conséquences sont trouble, confusion et crimes. D'ailleurs la souveraineté ne peut
être coupable. Or, de l'aveu même des démagogues,

(1) Le grand-père de Rivarol était né en Lombardie.

le peuple se rend coupable lorsqu'il s'oppose à la félicité publique, et qu'il mérite *la loi martiale*. Si la souveraineté était dans le peuple, le mot *révolte* n'existerait dans aucune langue. Quand un homme se révolte contre lui-même, c'est qu'il est fou, et il faut l'enchaîner. Comme l'humanité est souvent coupable dans l'homme, ainsi le nombre et la force sont coupables dans le peuple quand il en abuse au détriment du corps politique.

Une chambre délibérante n'a aucune *force réelle*, parce qu'elle manque d'unité; et il est absurde de dire que le peuple est *souverain* parce qu'il ne peut avoir une *volonté*, puisque nommer des *représentants*, en supposant même que la nomination fût libre et éclairée, c'est donner sa procuration, ce n'est pas transmettre sa volonté. Or une procuration qu'on ne peut retirer est une interdiction réelle et une tutelle forcée; et ces tuteurs du peuple, soit par impuissance, par corruption ou par lâcheté, ne manqueront jamais de trahir et de livrer leur pupille hébété, qui de lui-même n'a ni connaissance ni volonté. Le peuple ne peut intervenir dans le gouvernement que comme la force dans les machines : c'est à l'intelligence à l'employer.

On a pris même à contre-sens tous les principes de la métaphysique quand on a posé l'axiome insensé de *la raison universelle*, maîtresse du monde. C'est écarter toute la théorie des *passions* et les effets de l'*ignorance*.

C'est en vain que nous disions dès 1789 : Ne laissez pas envenimer cette révolution; les coupables se multiplieront: leur nombre et leurs crimes effraieront le monde; la justice sera réduite au désespoir, et le *peuple souverain* laissera une race et des principes funestes au genre humain.

Si, quand le peuple s'est révolté contre le corps politique, quelques factieux le poussent jusqu'à vouloir se faire un autre gouvernement, il sera nécessairement la dupe des nouveaux chefs qui le guident, beaucoup mieux qu'il ne l'était des anciens : car, la leçon de l'insurrection n'étant donnée qu'à l'ancien gouvernement, le nouveau ne la prend pas pour lui.

Il est démontré que les mouvemens du peuple ne peuvent qu'être funestes au corps politique, ce qui fait que la souveraineté ne peut le regarder; et l'art qu'il faut pour faire entrer le peuple dans la souveraineté prouve assez qu'il n'y est pas naturel, et c'est ce qu'on appelle faire une constitution.

L'application du droit et de la force est le grand ressort de la souveraineté; et, le peuple n'ayant réellement que la force, il s'agit de savoir si c'est à la force à appliquer la force. On ne fait pas un raisonnement en faveur de la domination du peuple qu'on ne puisse le faire en faveur de l'armée : car, au bout du compte, c'est toujours argumenter en faveur de la force.

Le principe faux de la souveraineté du peuple entraîne le droit de changer non seulement les magistrats, mais encore les formes du gouvernement, tous les jours, et même à toutes les heures.

Les hommes ont besoin de leurs propriétés pour vivre; les propriétés ont besoin de lois pour être conservées; les lois, de la puissance pour être exécutées : tout cela se trouve dans la souveraineté du corps politique, avec son chef ou son sénat, et non dans la souveraineté du peuple, qui attaque si souvent les propriétés qu'il n'a pas, les lois qui le menacent, et la puissance qui le gêne.

Les esprits faux confondront toujours la force, qui peut tout détruire, avec la souveraineté, qui doit tout conserver; ils prennent le bûcheron qui abat l'arbre pour le jardinier qui le plante et cultive.

Dans les gouvernemens représentatifs, il y aura toujours des députés qui ne demanderont pas mieux que d'être corrompus par de l'or ou par des emplois, et qui seront toujours aussi indignés que surpris d'être mis à la probité pour tout régime.

Démagogues *souverains!* vos Séides ont volé, massacré, noyé, fusillé pendant deux ans; ils n'ont épargné ni la vieillesse ni l'enfance; ils ont tué un roi innocent, sa sainte sœur, sa noble femme, son jeune fils; ils ont égorgé les prêtres, qui eussent empêché tous ces attentats, car la religion est le grand conservateur des corps politiques, et vous l'aviez frappée à mort; la France enfin a nagé dans le sang, *voilà la souveraineté du peuple.* CENT NÉRON, EN DIX SIÈCLES, EUSSENT MOINS FAIT DE CRIMES. Tribuns et philosophes! c'est votre ouvrage : ayez donc horreur de vos principes.

POST-SCRIPTUM DE L'ÉDITEUR.

Dès qu'à Rome il y eut des tribuns, c'est-à-dire un pouvoir intermédiaire, avec un *veto*, entre le sénat et le peuple, les dissensions, les malheurs et les crimes, renversèrent le corps politique ; et les Marius, les Sylla, les César, s'emparèrent de la puissance. Nos rois se servirent habilement et avec constance des parlemens pour affaiblir la puissance des seigneurs, et devinrent les maîtres ; mais ces mêmes parlemens, dans les temps de minorité, ou sous un roi faible, remuaient le peuple ; et enfin, par leur refus d'enregistrer les impôts, ce qui était un *veto*, ils nécessitèrent l'appel des états-généraux et la révolution : ce furent de grands coupables. Les 221, avec leur menace de refuser le budget, et ils n'auraient pas manqué de le faire, ont amené la révolution de juillet ; et leurs successeurs, par le même moyen, peuvent nous donner une autre révolution. Les peuples ne demandent pas mieux que de ne pas payer les impôts. Quand un pouvoir leur dit : *Ne payez pas*, l'obéissance est sûre, et de là le renversement du corps politique. Il faudrait donc trouver un moyen de paralyser ce terrible *veto*, cause de révolutions, de crimes et de malheurs. Louis XVIII aurait dû mettre dans sa charte : « Si jamais une des deux chambres refuse une loi, et que l'autre l'accorde de concert avec le roi, la loi existe. » Ainsi, si la chambre des députés eût refusé le budget, le roi et les pairs l'auraient fait aller, et tout était dit. Une loi juste et sévèrement exécutée contre ceux qui attaqueraient la religion de l'état et la royauté aurait rendu le journalisme plus discret et plus raisonnable, et l'autre loi, les députés moins entreprenans et plus sages. Au reste, le nouveau gouvernement est dans la même position que le gouvernement déchu, et nous en verrons les suites ; les mêmes causes amènent les mêmes effets.

Puisse le Ciel donner à la France une monarchie où le roi sera assez puissant pour *protéger* ses sujets sans les *asservir* ; où la religion aura son juste pouvoir et sa sainte influence ; où la justice s'administrera selon les formes que les lois ont prescrites, par les tribunaux qu'elles ont établis, et d'après les décisions qu'elles ont portées ; où les droits de la propriété se concilieront avec les besoins de l'état, la liberté publique avec la sagesse des lois, la liberté civile avec l'ordre social, et la sûreté individuelle avec la tranquillité publique ! Mais, pour arriver à un état de choses si désirable, il faut frapper la révolution jusque dans ses racines, qui revivent et se renouvellent sans cesse. Le mot *révolution* doit faire trembler tout homme qui a du cœur et de la raison : car il n'y a pas de leçons pour les peuples. et un renversement en amène un autre, toujours causé par la vanité et l'ambition des uns, les besoins et la cupidité des autres, et l'égoïsme de tous.

Enfin, pour entrer dans les idées de l'auteur, nous pouvons ajouter que tant qu'on confondra *le peuple et le public, le pouvoir et la puissance, l'égalité et la ressemblance,* il n'y aura ni sûreté, ni stabilité dans le corps social.

Ce *Post–Scriptum* est du frère de l'auteur.

FIN.

TABLE DES MATIÈRES.

FIN DE LA TABLE.